MIT DIESER EWIGKEIT

Windswept Bay, Buch Neun

DEBRA CLOPTON

Mit dieser Ewigkeit

Überarbeitete Ausgabe

Er ist risikofreudig, sie ist noch nie in ihrem Leben ein Risiko eingegangen... jetzt wird sie alles riskieren, um sein Herz zu gewinnen.

Die Schneiderin Sammy Jo Lovely hat in ihrem ganzen Leben noch nie etwas Riskantes getan. Jetzt ist sie nach Windswept Bay gezogen, um ihr Leben zu ändern, alleine und mit dem Versprechen an ihre geliebte Oma, dass sie die Dinge auf ihrer Wunschliste tatsächlich tun wird. Tauchen lernen steht ganz oben auf ihrer Liste, zusammen mit dem Schwimmen im Meer, einer Bootsfahrt und dem Spüren des Sandes zwischen ihren Zehen. Ja, ihr Leben war behütet gewesen. Vielleicht inspirieren die Nähe des Ozeans und ein Tauchladen sie dazu, tatsächlich etwas zu tun. Dann lernt sie ihren hübschen neuen Nachbarn kennen und das, was sie sich im Leben wünscht, bekommt eine ganz neue Bedeutung.

Der Abenteurer und Tauchladenbesitzer Jake Sinclair ist sich nicht sicher, warum seine ruhige, leicht unbeholfene neue Nachbarin ihre „Lovely You" Frauenboutique neben seinem Tauchladen eröffnet hat. Es ist eine sehr unwahrscheinliche Kombination - genau wie sie es sind. Aber als er einen Blick auf ihre Wunschliste erhascht, ist er fasziniert und kann nicht anders, als ihr anzubieten, ein paar Dinge darauf abzuhaken... wie „Küssen an einem Strand im Mondschein". Aber wenn es darum geht, sich zu „verlieben", mag er sich zunehmend zu allem an Sammy „So" Lovely hingezogen fühlen. Doch das könnte ein Punkt auf ihrer Liste sein, bei dessen Erfüllung er ihr nicht helfen kann.

Kann Sammy Jo an den romantischen Ufern der Windswept Bay Jake helfen zu erkennen, dass die Liebe ein Risiko ist, das es wert ist einzugehen?

KAPITEL EINS

Jake Sinclair fuhr sich mit einer Hand durch die Haare, als er die Letzte der Tauchgruppe beobachtete, die vom Dock kam und zum Hintereingang seines Tauchladens ging. Seine Augen wurden schmal, als die große, affektierte Blondine sich umdrehte und ihn mit grimmigen, wütenden Blicken durchbohrte. Sie war Teil einer Dreiergruppe gewesen, die mit der anderen Siebenergruppe zusammengewürfelt worden war. Und sie hatte ihm von dem Moment an, als sie sein Boot betrat, Ärger gemacht.

In der Hoffnung, dass sie gehen würde, drehte er sich weg und kniete sich hin, um zu überprüfen, ob das Boot richtig am Dock gesichert war. Er wusste, dass es gut gesichert war, aber die Überprüfung gab ihm einen Grund wegzuschauen und Brandy vom Dock und vom Gelände wegstampfen zu lassen.

Schnelle Schritte auf dem Pier sagten ihm, dass er kein solches Glück hatte, denn sie kam zurück. Er bereitete sich auf eine weitere unangenehme Begegnung vor und warf einen Blick über die Schulter. Etwas zu spät, denn sie schubste seinen Rücken und schickte ihn vom Pier runter. Er klatschte in die Bucht und schlug auf seiner Seite auf dem Wasser auf, machte einen schnellen Salto und kam rasch wieder hoch. Ein paar Jahre als Navy SEAL und weitere Jahre als Dive Master hielten ihn im Wasser auf Zack. Offensichtlich nicht so zackig, wie er aus dem Wasser heraus sein sollte.

„Okay, das reicht – haben Sie ein Problem, Lady?", rief er und war es leid, ihre lächerliches Handeln zu ignorieren, in der Hoffnung, sie würde einfach gehen.

Sie blickte ihn mit in ihre schlanken Hüften gestemmten Händen an. „Sie haben mich ignoriert. Niemand tut so etwas. Und das ist es, was Sie bekommen. Ich bin das Beste, was Ihnen passieren konnte."

„Schätzchen, aus irgendeinem Grund bin ich mir ziemlich sicher, dass das nicht stimmt."

„Nennen Sie mich nicht Schätzchen. Sie haben Ihre Chance verspielt." Sie reckte ihre Nase in die Luft und stürmte dann wie der Tasmanische Teufel im String-Bikini den Pier hinunter.

Er hatte alles getan, um nett zu ihr zu sein, ohne auf ihre übertriebenen Annäherungsversuche einzugehen. Er musste ihr schließlich ganz offen sagen, dass er zweiunddreißig Jahre alt und sie neunzehn war und er einfach kein Interesse hatte. Ganz zu schweigen davon, dass sie auch keine nette Person war. Und einfach nur sexy zu sein war heutzutage nicht genug für Jake.

„Kommt schon", schnauzte sie ihre Freundinnen an, die auf sie warteten.

Diese hatten offensichtlich genug und schüttelten

beide den Kopf.

„Das war nicht nett und ziemlich unangebracht“, sagte die netteste der drei, Diana. „Ich besorge mir meine eigene Fahrgelegenheit nach Hause.“

Na immerhin. Das andere Mädchen warf Diana und dann ihm einen bedauernden Blick zu, bevor sie Brandy über den Parkplatz folgte. Wenigstens hatte Diana etwas Verstand.

Er schwamm zum Heck des Bootes.

„Das war heftig“, sagte Caleb, sein Tauchassistent, als Jake aus dem Wasser auf die Plattform kletterte.

„Ziemlich lächerlich, so nenne ich das.“ Er riss sich das Hemd vom Leib und warf es auf den Boden des Bootes. „Ich habe Mitleid mit dem Kerl, der sich mit der da einlässt.“

Er konnte Drama nicht ausstehen. Er genoss Dates, vielleicht ein wenig zu sehr. Er genoss es, Zeit mit faszinierenden Frauen zu verbringen. Aber nichts an Brandy hatte ihn fasziniert. Sie war von dem Moment an, als sie in sein Boot stieg, ein verwöhntes Stück und gemein. Und aus irgendeinem Grund dachte sie, sie könne ihn mit ihren schlechten Manieren beeindrucken. Er war ihr von Beginn an ausgewichen.

Es war der längste vierstündige Tauchausflug, den er je angeboten hatte und er war dankbar, dass sie nicht für eine fünfstündige Fahrt bezahlt hatten. Er hätte abbrechen und sie früher zurückbringen müssen.

Caleb kicherte. „Ja, das war definitiv eine furchterregende Tussi."

„Du sagst es." Er sah finster drein. „Bitte sag mir, dass ich nichts getan habe, um sie glauben zu lassen, ich würde auf sie stehen..."

„Machst du Witze?" Caleb unterbrach ihn, bevor er noch mehr Bedenken äußern konnte, dass er ihr irgendwie Hoffnungen gemacht hatte. „Du hast rein gar nichts getan. Diana sagte, sie hat das schon öfters mit Jungs gemacht. Sie sagte, Brandy sah dich eines Nachts im Paradise Grill und hat dich beobachtet."

„Mich beobachtet?" Er fuhr mit der Hand durch sein kurzes, nasses Haar.

„Sie hat Fotos von dir auf ihrem Handy, als ob sie dich verfolgt oder so."

„Ich Glücklicher", murmelte Jake. Genau was er

brauchte - eine Stalkerin im Studenten-Alter. „Ich bin sicher, sie löscht gerade die Fotos. Wahrscheinlich verbrennt sie ihr Handy. Vielleicht solltest du in den Laden gehen und sicherstellen, dass Miss Sunshine keinen Ärger in ihrem Auto verursacht."

„Aber sicher doch." Caleb warf einen Blick auf die Brünette, die nicht mit ihren Freunden gegangen war.

„Ich schau vielleicht, ob Diana eine Mitfahrgelegenheit nach Hause braucht."

„Ja, sie braucht wahrscheinlich eine. Sag Fran, sie soll vorne abschließen, ich kümmere mich um alles hier hinten."

Fran arbeitete im Laden, während er und sein anderer Dive Master die täglichen Tauchausflüge machten. Jake beobachtete Caleb und Diana auf dem Weg zum Shop, dann drehte er sich erleichtert zum Boot zurück. Die Spannung fiel von seinen Schultern ab, als er in die Kabine ging und eine Flasche Wasser aus der Kühlbox holte. Er leerte die ganze Flasche in weniger als dreißig Sekunden, dann ging er wieder an Deck, bereit, sich für einen Moment zu entspannen.

Eine Bewegung aus dem Augenwinkel erregte seine Aufmerksamkeit und er blickte in Richtung Land, halb in der Erwartung, dass Blondzilla wieder in seine Richtung stürmte. Stattdessen sah er eine große, dunkelhaarige Frau an der Tür des leerstehenden Ladens, der mit seinem Tauchgeschäft verbunden war.

Sie sah umwerfend aus, wirklich umwerfend. Er verlor für einen Moment jeglichen zusammenhängenden Gedankengang, als er sie betrachtete. Sie trug ein wallendes gelbes Kleid, das im Wind der Bucht flatterte. Als er sie anstarrte, drehte sie sich um und erwischte ihn beim Schauen. Ihre Blicke kollidierten und er erstarrte auf der Stelle.

Wer war sie?

Sie ging auf den blauen Van mit verblasstem Lack zu, der mit offener Hintertür auf dem Parkplatz stand. Jake sah zu, wie sie ihre Arme mit Kisten belud. Sie konnte kaum um die Armladung herum sehen, aber sie ging zurück zum Laden. *Keine Chance, dass sie sehen konnte, wohin sie ging.* Er sah, wie sie nach links und dann nach rechts schwankte und er wollte ihr zurufen, sie solle auf ihre Füße achten, aber er tat es nicht. Er hielt einfach den Atem an und zu seiner Überraschung schaffte sie es in das Gebäude, ohne sich den Hals zu brechen.

Wer war sie?

Seine Vermieterin hatte nichts davon gesagt, dass jemand den Laden gemietet hatte. Er dachte, Mrs. Louis hätte ihm Bescheid gesagt, wenn sie sich entschieden hätte, den Laden zu vermieten.

Die Frau tauchte wieder auf und ging zurück zum Van. Als sie anfing, weitere Kartons auf ihre Arme zu stapeln, beschloss er, dass er ihr Hilfe anbieten musste. Sie ging gerade zurück zum Gebäude, als er vom Boot sprang. Kaum hatte er sich auf den Weg gemacht, ging sie wie eine Ziegelmauer zu Boden.

Er lief bereits und raste den Pier hinunter, um ihr zu helfen.

Sammy Jo Lovely heulte auf, als sie zu Boden fiel und mit dem Gesicht voraus in die Mitte des Stapels neu genähter, maßgefertigter Röcke geworfen wurde, die sie geschleppt hatte. Sie schaffte es, ihre Hände zu drehen, um den Sturz abzufangen, aber die stechenden Schmerzen sagten ihr, dass sie sich das Knie aufgeschürft hatte.

Sie ließ den Aufprall des Sturzes mit einem Stöhnen über sich ergehen, rollte sich dann auf den Rücken und starrte in den malerischen blauen Himmel über ihr. Natürlich kam ihr als erstes der Gedanke, ob jemand gesehen hatte, wie sie diese ungeschickte Landung mit dem Gesicht nach vorn vollbracht hatte.

Wieder stöhnte sie und versuchte, sich aufzusetzen.

„Moment", rief jemand. „Nicht bewegen."

Sie schaute zu den Docks und sah den wunderschönen, hemdlosen Kerl vom Boot am Pier, dessen Anblick sie kurz vor ihrem Sturz abgelenkt hatte. Er legte beide Hände auf das Geländer, welches das Dock von der Grasfläche zwischen ihnen trennte, sprang mühelos drüber und stürmte in ihre Richtung. *Alle muskulösen, gebräunten, überwältigenden Zentimeter von ihm.*

Sie erstarrte und sah nur noch zu, wie er zu ihr kam. Sekunden später kniete er an ihrer Seite und sie blinzelte ihn an wie eine Eule bei Tagesanbruch. Ihr Mund klappte auf und sie hielt ihn zu.

„Sie sind verletzt. Und bluten", sagte er, als er ihre Handflächen sah. „Lassen Sie mich Ihnen helfen."

„Mir geht es gut", schaffte sie zu sagen. Ihr Herz raste. Er wirkte so ablenkend, dass sie für einen Augenblick überhaupt keinen Schmerz empfand.

„Ich hasse es, der Überbringer schlechter Nachrichten zu sein, aber Ihnen geht es *nicht* gut." Seine tiefblauen Augen blickten mitfühlend, als er sie ansah und dann ihre Handflächen und Knie betrachtete.

Sie seufzte. „Sie könnten Recht haben. Ich hätte aufpassen sollen, wo ich hintrete."

„Sie hatten beide Arme voll." Er half ihr sanft beim Aufsetzen, indem er einen Arm unter ihre Schultern schob und es ihr damit erleichterte.

„Na großartig. Ich hatte gehofft, dass niemand meinen Akt des anmutigen Stolperns gesehen hat." Es war eine Sache, aufs Gesicht zu fallen, wenn ihr niemand dabei zusah. Es war ein ganz anderes Sonnensystem der Peinlichkeit, dass er alles mitangesehen hatte. Von ihrem Knie und ihren Handflächen strahlte jetzt Schmerz aus. Sie biss sich auf die Lippe und versuchte, ihn zu ignorieren.

„Das spielt keine Rolle. Sie haben Schmerzen."

„Es ist nur mein Knie. Ich will gar nicht hinsehen." Sie lachte unsicher. „Ich bin ein Feigling, wenn es um Blut geht."

„Dann schauen Sie weg. Ich kann Sie hineinbringen und mich für Sie darum kümmern."

„Nein, ich schaff das -" Ihre Worte wurden zu einem Keuchen, als er aufstand und sie in seine Arme schwang. „Oh, ich habe nicht erwartet, dass Sie mich tragen."

„Nun, ich tue es. Haben Sie Wasser da drinnen?"

„Ja, aber das hier ist alles ein bisschen peinlich." Eigentlich sehr peinlich, sich mit seinen Armen unter ihren Knien und ihrem Rücken gegen seine starke Brust gedrückt wiederzufinden. Beim Anblick seiner sehr, sehr blauen Augen fühlte sie sich atemlos.

Er neigte den Kopf zur Seite und zwinkerte ihr zu. „Ich bin Jake Sinclair. Mir gehört der Tauchladen nebenan. Meinen Namen zu kennen macht es hoffentlich weniger peinlich. Also, wer sind Sie?"

Sie blinzelte und versuchte wegzuschauen, konnte sich aber nicht dazu durchringen. „Sammy Jo Lovely, von nun an auch bekannt als Miss Nicht-So-Elegant."

Er ging durch die Hintertür. „Sie sind zu streng zu sich selbst. Es ist schön, Sie kennenzulernen, Sammy Jo Lovely."

Sie schluckte schwer, als er ihr tief in die Augen sah, während er ach so gekonnt durch den Raum zu dem Stuhl an der Wand schritt. Sie war nicht in der Lage gewesen, einen halben Meter mit ein paar Kisten zu gehen, ohne auf ihr Gesicht zu fallen und er trug ihren nicht ganz so leichten Körper und sah ihr dabei gleichzeitig in die Augen. Sie bekämpfte den Drang, ihre verletzten Hände auf seine beeindruckende, nackte Brust zu legen.

Glücklicherweise schaffte er es bis zum Stuhl und setzte sie sanft darauf, dann richtete er sich auf und schaute sich um. „Zeigen Sie mir jetzt, wo das Wasser und ein sauberes Tuch sind und ich versorge Ihre Wunden."

Sie versuchte, sich zusammenzureißen, da er scheinbar von ihrem nicht so beeindruckenden Charme ungerührt war. „Da drin." Sie zeigte in Richtung der Toilette.

Er schenkte ihr ein vernichtendes Lächeln, das ihr Innerstes in einen Rausch versetzte und sie konnte sich nur vorstellen, dass es weitaus kultiviertere Frauen als sie selbst dazu gebracht hatte, ihr Herz und vielleicht auch ihren Verstand wegen ihm zu verlieren. Sie hatte gerade den schönen blonden Sturm beobachtet, wie sie den Pier hinunter gestürmt war und ihn ins Wasser gestoßen hatte. Vielleicht war es das, was ihr passiert war. Sie hatte einfach ihren Verstand wegen des dunkelhaarigen, wunderschönen Mannes verloren.

Sie war erschrocken gewesen, als sie zu dem neu angekommenen Boot geschaut und gesehen hatte, was die Frau tat. Und es war ihr leicht gefallen, zu denken, dass der Kerl den Schubs vermutlich verdient hatte. Doch jetzt fragte sie sich, wie *irgendjemand* sauer auf ihn sein konnte. Er war umwerfend.

Er kam mit einem feuchten Tuch aus der Toilette.

„Sie tun wirklich mehr, als nötig wäre. Ich kann ab hier übernehmen."

Er kniete sich hin, nahm eine ihrer Hände und legte das kühle, feuchte Tuch sanft gegen die zerkratzte Haut. „Ich hoffe, ich bin nicht die einzige Person, die in so einer Situation helfen würde. Tut mir leid, wenn das brennt." Er nahm ihre andere Hand und drückte sie leicht mit dem nassen Tuch zwischen beiden Handflächen dagegen. Seine Berührung war behutsam und ließ ihren Puls ansteigen, als er sie anlächelte. „Halten Sie sie zusammen und lassen Sie die Kühle des Tuches eindringen. Ich werde mir Ihr Knie ansehen, wenn das okay für Sie ist?"

Ihre Oma würde ihn als Liebling bezeichnen und sie musste zustimmen. „Ich gebe es ungern zu, aber das wäre wohl das Beste."

Sehr vorsichtig drückte er ihre beiden Handflächen auf dem Tuch zusammen. „Wie ist das?"

„Es brennt, aber es fühlt sich besser an. Es ist nicht allzu schlimm, nur ein paar kleine Kratzer. Sie sind ein sehr netter Mensch. Das habe ich nicht erwartet, nachdem ich gesehen habe, wie die hübsche Blondine Sie ins Wasser gestoßen hat.“ In dem Moment, als ihr diese Worte über die Lippen kamen, schnappte sie nach Luft.

Er sah ihr in die Augen und plötzlich wünschte sie sich von ganzem Herzen, sie hätte ihre Gedanken für sich behalten.

Warum hatte sie das überhaupt gesagt?

KAPITEL ZWEI

„Ich meine, sie sah aus, als würde sie sich für etwas revanchieren."

Sie war süß. Jake lächelte, als sie rosa anlief. Sie sah ihn an, als befürchtete sie, er würde sie in die Bucht werfen. „Ich verspreche, ich habe ihr nichts getan. Die Dame hat offensichtlich nur Probleme, wenn sie ihren Willen nicht bekommt. Und sie hat heute nicht ihren Willen bekommen."

„Es tut mir leid, das geht mich nichts an. Ich weiß nicht einmal, warum ich das gesagt habe. Es ist mir einfach rausgerutscht."

„Es ist okay. Kümmern wir uns um dieses Knie. Und die Blondine, na ja, sie hat einen Tauchausflug gebucht und dann die ganzen vier Stunden genutzt, um ihre Freunde schlecht zu behandeln und zu versuchen mich zu beeindrucken. Aber Gemeinheit beeindruckt mich nicht. Ich bin gleich wieder da. Gehen Sie nicht weg. Ich gehe rüber zu meinem Laden und hole Erste-Hilfe-Material."

„Danke. Ich hasse es wirklich, dass ich Ihnen so viel Aufwand bereite."

„Kein Problem. Wenigstens schubsen Sie mich nicht in die Bucht", rief er über die Schulter und ging zur Tür hinaus.

Seine Gedanken blieben an ihrem Lächeln hängen, als er nach nebenan lief, wo er einen großen Erste-Hilfe-Schrank und mehrere Erste-Hilfe-Kästen hatte, die er bei und auf den Booten aufbewahrte. Er schnappte sich einen Kasten, überprüfte ihn, um sicher zu sein, dass er alles hatte, was er brauchte und ging dann zurück zu Sammy Jo Lovely. Er lächelte über ihren Namen. Er passte. Sie war reizend. Und sie war so anders als die Blondine, die ihn nicht beeindruckt hatte.

Seine neue Nachbarin hatte seine Aufmerksamkeit.

Er holte eine Flasche Wasser aus dem Kühlschrank, falls sie etwas zu trinken brauchte und eilte dann zu ihr zurück. Ihre hübschen Kreationen waren immer noch über den Bürgersteig verstreut, also stellte er das Wasser und den Erste-Hilfe-Kasten ab und sammelte schnell die bunten Stapel von Röcken ein und legte sie wieder in den Karton. Das Material war weich und seidig und ließ ihn an ihre Schöpferin denken. Sie schien sanft und ruhig zu sein und ihr Haar war so seidig wie der Stoff.

Neben dem Stapel lag ein offenes Notizbuch. Er griff auch das und dann nahm er den Erste-Hilfe-Kasten und das Wasser und ging in den Laden. Er erwischte sie, gerade als sie den Lappen anhob und auf ihr Knie schaute. Ihr Mund fiel auf und ihre Augen schlossen sich, als sie den Lappen wieder zurück klatschte, um die Wunde zu verdecken.

„Ich habe gesagt, Sie sollen nicht hinsehen." Er stellte die Ladung auf den Tresen. Das Notizbuch rutschte vom Stapel und fiel auf die Oberfläche.

Sie sah schmerzerfüllt aus. „Ich weiß. Ich bin eine erwachsene Frau und kann nicht mit einem bisschen Blut umgehen. Ich hasse es, ein Weichei zu sein, aber ich bin eins. Ich fühle mich schuldig, dass ich mich Ihnen aufdränge. Danke, dass Sie die Sachen aufgesammelt haben."

„Gern geschehen und fühlen Sie sich nicht schuldig." Er bemerkte, dass im Notizbuch eine Liste geschrieben stand. Sein Blick blieb auf dem Titel der offenen Seite hängen. *Meine Wunschliste* stand ganz oben.

Sein Blick überflog die Liste:

Mein Geschäft öffnen.

Sand zwischen meinen Zehen fühlen.

Im Meer schwimmen.

Tauchen – wenn ich den Mut aufbringen kann.

In einem Boot fahren.

Einen Mann an einem romantischen Strand im Mondschein küssen.

Verlieben.

Es gab noch ein paar weitere Punkte auf der Liste,

aber sein Blick blieb bei *Einen Mann an einem romantischen Strand im Mondschein küssen* hängen. Seine Neugierde war definitiv geweckt.

Er schlenderte durch den Raum und seine Gedanken schwirrten umher. *War seine neue Nachbarin noch nie geküsst worden? Oder wurde sie nur noch nie an einem Strand im Mondschein geküsst?*

Er konnte nicht glauben, dass sie noch nie einen Mann geküsst hatte, also musste es einfach der Strand im Mondschein sein.

Als er den Deckel von der Wasserflasche drehte, kniete er nieder und reichte sie ihr. Ihre Finger streiften sich und ein Kribbeln von heißen elektrischen Impulsen raste durch ihn hindurch.

Sie erstarrte und zog die Flasche nicht sofort weg. Ihre Finger berührten sich weiterhin. Ihre Augen weiteten sich . „Ähm, danke", sagte sie nach einer Sekunde und nahm die Flasche. „Aber wirklich, ich kann mein eigenes Knie verarzten."

Elektrizität schwirrte durch ihn, selbst nachdem sie die Berührung unterbrochen hatten und er konnte nicht wegschauen, als sie das Wasser hochhob und einen Schluck nahm.

Nie geküsst. Der Gedanke hallte wieder in ihm nach. *Das konnte nicht sein.*

Nein, das konnte auf *keinen* Fall wahr sein. Er zwang sich, diesen Gedankengang nicht weiter zu verfolgen und sich zu konzentrieren.

„Ich werde es verbinden. Es macht mir nichts aus. Sie entspannen sich einfach und trinken Ihr Wasser. Als ich Sie vor einer Sekunde erwischte, wie Sie Ihr Knie angestarrt haben, sahen Sie ein wenig grün aus."

Zwei Linien bildeten sich zwischen ihren hübschen Augen. „Es ist ein Fluch. Ich fühle mich hilflos. Es scheint einfach falsch zu sein."

„Falls Sie sich dadurch besser fühlen: ich bin seit meiner Zeit als Navy SEAL in Erster Hilfe ausgebildet, also verspreche ich Ihnen, dass ich bei der Arbeit nicht in Ohnmacht fallen werde." Er zwinkerte.

„Sie waren ein SEAL? Das hätte ich mir denken können. Sie sahen aus wie Superman, als Sie vorhin über das Geländer gesprungen sind."

Er kicherte. „Diese Fähigkeiten sind immer noch sehr nützlich. Jetzt entspannen Sie sich. Ich kann damit umgehen." Er entfernte ihr den Lappen vom Knie. „Das wird stechen. Aber es muss getan werden. Und Sie werden eine Woche lang eine gewisse Steifheit haben, aber hoffentlich nicht länger."

„Ich kann mit ein wenig Schmerz umgehen. Mir wird nur schlecht, wenn ich mir Wunden ansehe."

Er trug das Antiseptikum auf und obwohl sie sich verspannte, machte sie keinen Mucks.

„Es tut mir leid, dass es Ihnen wehtut."

„Ist schon gut, sagt das Weichei zum Navy SEAL." Sie runzelte die Stirn. „Ich fühle mich wie eine totale Versagerin, jetzt wo ich weiß, was für ein unglaublich harter Kerl Sie sind."

Er lachte. „Woher wollen Sie das wissen?"

„Ich habe die Berichte darüber gesehen, was man durchmachen muss, um den Titel Navy SEAL zu erhalten. Ich schwimme nicht im Meer. Ich habe keine Schmerztoleranz. Ich habe keine abenteuerliche Veranlagung. Das sind nur ein paar der Gründe. Sie wissen gut und gerne, dass Sie ein harter Kerl sind."

Er kicherte und genoss den Klang ihrer Stimme. „Die Menschen sind zu viel mehr in der Lage, als sie glauben. Besonders in außergewöhnlichen Situationen. Warum schwimmen Sie nicht im Meer?" *Warum haben Sie noch nie einen Mann geküsst?*

Sie kicherte. „Junge, Sie wechseln schnell das Thema."

„Ich bin daran interessiert, etwas über Sie zu erfahren. Mich kenne ich bereits."

Sie lächelte. „Na schön. Ich habe es bislang einfach nie geschafft. Mein Leben war kompliziert. Mein Knie sieht schon besser aus", sagte sie in einem offensichtlichen Versuch, das Thema zu wechseln.

„Der Versuch, meine Taktik anzuwenden, ist nicht fair. Warum schwimmen Sie nicht im Meer? Warum sind Sie nicht abenteuerlustig? Haben Sie Angst?"

Sie atmete ein und sie wich seinem Blick aus. „Wie ich schon sagte, mein Leben war kompliziert und naja, es gab keine Gelegenheit. Ich bin ein Weichei in vielerlei Hinsicht - es ist lächerlich, aber wahr. Wie auch immer, ich habe einen Plan, um das zu ändern."

Er trug Salbe auf ihr Knie auf. Sie runzelte ihre Stirn über ihren hübschen smaragdgrünen Augen und atmete ein. Er verband das Knie, dann sah er ihr direkt in die Augen. „Was für ein Plan?" Er glättete die Ränder des Verbandes. Ihre Haut war weich und er konzentrierte sich auf das, was sie gesagt hatte, statt auf das Gefühl ihrer Haut. *Oder dass sie noch nie einen Mann geküsst hatte.* Oder dass sie *vielleicht* noch nie geküsst wurde, erinnerte er sich. Trotzdem war die Möglichkeit einfach unglaublich, wenn es wahr wäre.

„Ich habe eine Liste von Dingen, die ich tun werde. Ich werde nicht aufhören, bis alles abgehakt ist. Hierher zu ziehen war die Nummer eins auf meiner Liste und ich bin hier."

„Eine Wunschliste?" *Mann, sie faszinierte ihn.* Ihre Wangen färbten sich leicht und er war sich nicht sicher, ob er ihr sagen sollte, dass er die Liste gesehen hatte. Er fühlte sich nicht wohl dabei, so zu tun, als hätte er sie nicht gesehen.

„Ja, das habe ich. Keine große. Nur eine kleine. Im Moment."

Sie war bezaubernd. „Okay, ich muss ehrlich sein. Ich habe einen Teil der Liste gesehen, als ich Ihr Notizbuch draußen aufhob."

Ihre rosa Wangen färbten sich rot. „Haben Sie sie

gesehen?"

Er nickte und genoss, wie schön sie war. „Ich habe nur einen kurzen Blick darauf erhascht, bevor ich das Notizbuch zuklappte."

„Ich schätze, Sie haben gesehen, dass ich nie wirklich die Gelegenheit hatte, viel zu unternehmen. Abenteurerin ist *nicht* mein zweiter Vorname."

Er dachte über den Teil mit dem Küssen nach und konnte es immer noch nicht nachvollziehen. „Also, wollen Sie tauchen?" Er schenkte ihr ein aufmunterndes Lächeln. „Wenn Sie das Abenteuer suchen, sind Sie in die richtige Gegend gezogen. Ich helfe Ihnen gerne bei jedem Abenteuer, das Sie erleben möchten. Ich bin eigentlich ein bisschen abenteuerlustig."

Sie starrten einander an. Er dachte immer noch an den Teil mit dem Küssen - er war regelrecht besessen davon. Besonders als ihr Blick auf seine Lippen fiel. Plötzlich fragte er sich, ob sie ebenfalls ans Küssen dachte. Der Raum fühlte sich plötzlich viel wärmer an.

„Ich überrede mich selbst dazu, tauchen zu gehen. Es ist nicht so einfach." Sie schaute auf ihr Knie.

„Nun...oh, prima, mein Knie sieht schon besser aus."

„Ja, das tut es und meine neue Nachbarin weicht der Frage aus. Zum Glück ist Ihr Knie nicht so schlimm dran, wie ich zuerst dachte. Aber es wird noch einige Tage dauern, bis es verheilt ist. Sie haben nie gesagt, was dies für ein Laden ist?"

Ein Lächeln umspielte ihre Lippen. „Es ist eine Boutique mit einzigartigen Artikeln für Frauen, die ich aus der ganzen Welt importiert habe. Ich entwerfe auch meine eigene Linie mit Kleidung und Schals. Ich habe ein Online-Geschäft, aber dies wird mein erstes offizielles Geschäft sein. Ich wage mich hinaus."

„Nun, Sie sind in die richtige Gegend gezogen. Ich habe vier Schwestern, eine Mutter und vier Schwägerinnen. Ich werde es weitersagen."

„Wow. Sie haben eine große Familie."

„Ja, das habe ich. Und Sie haben sich entschieden, eine Frauenboutique neben einem Tauchladen zu eröffnen? Interessante Standortwahl. Aber da meine Familie Werbung dafür machen wird, sollte es nicht so wichtig sein, wo sich Ihr Laden befindet."

„Das wäre wunderbar. Und was dieses Gebäude betrifft, es war der richtige Preis. Und der Laden kommt mit der kleinen Wohnung darüber."

Er spitzte die Ohren. „Diese zwei Zimmer und der Schrank, den man Bad nennt? Sie ziehen ein?"

„Ja. Das ist groß genug für mich. Und praktisch für das Geschäft. Die Wohnung hat zudem diesen süßen kleinen Balkon. Ich kann mir vorstellen, abends dort draußen zu sitzen, während ich arbeite. Das Gebäude war einfach rundherum passend. Vielen Dank, dass Sie mir helfen."

„Es hat eine gute Aussicht auf den Jachthafen und Windswept Bay. Ich wohne die Straße runter, wenn Sie also mal was brauchen, bin ich in der Nähe."

Sie lachte. „Ich verspreche, dass ich nicht die Nachbarin sein werde, die Sie ständig nervt. Und ich habe nicht vor, wieder zu hinzufallen, also sind Sie offiziell aus dem Dienst entlassen. Apropos, es geht mir jetzt besser und ich weiß, dass Sie noch was zu tun haben. Ich komme von jetzt an allein klar." Sie stellte ihre Füße auf den Boden und stand vorsichtig auf.

Er stand ebenfalls auf. Er wollte mehr über sie erfahren und war überhaupt nicht bereit, sie zu verlassen. „Aber Ihre Hände? Ich muss sie bandagieren."

„Es geht ihnen gut, sie sind nur leicht angekratzt. Danke für alles."

Er runzelte die Stirn. „Es macht mir nichts aus."

Sie schien versucht, das Angebot anzunehmen doch schüttelte dann den Kopf. „Mir geht es gut. Wirklich."

„Kann ich sonst noch etwas tun? Ich hasse es, Sie zu verlassen…"

Sie kicherte. „*Es geht mir gut*. Sehen Sie, ich kann laufen und alles. Ich muss mich nur umziehen, dann kann ich wieder arbeiten. Ich bewege mich etwas langsamer als vorher, aber ich werde es schaffen."

Er sah auf seine Uhr. Er sollte Grant und Gage, seine Schwager, in dreißig Minuten am Riff für einen Tauchgang treffen, den sie wegen einiger Aufnahmen machten, die Grant malen wollte. Grant war ein berühmter Maler des maritimen Lebens und erwartete ihn in seinem eigenen Boot. Er überlegte, Grant anzurufen und abzusagen. Er wollte nicht gehen. „Wenn Sie sicher sind", sagte er widerwillig. „Dann werde ich gehen. Aber seien Sie vorsichtig da draußen."

Ihre Augen glitzerten. „Ich verspreche, auf meine Schritte zu achten."

Es fiel ihm schwer, sich in Bewegung zu setzen. „Ich lasse das Set für Sie da, nur für den Fall. Ich habe Dutzende nebenan. Wenn Sie etwas brauchen, rufen Sie den Notruf an. Mein Bruder Levi ist der Polizeichef und mein Schwager Ryan ist Hilfssheriff. Sie werden sich um Sie kümmern."

Sie runzelte die Stirn. „Jake, das wird nicht nötig sein. Es geht mir gut. Aber danke für die Information."

Er hörte einen Hauch von Irritation in ihrem Tonfall und schimpfte sich aus, weil er sich plötzlich in eine Glucke verwandelt hatte. „Tut mir leid, ich wollte nicht so tun, als ob Sie automatisch Hilfe brauchen. Okay, ich werde jetzt gehen. Ich grabe mich nur noch tiefer in dieses Loch. Ich komme morgen vorbei und sehe, wie es läuft. Wenn Sie etwas Schweres heben müssen, helfe ich Ihnen gerne.

Vergessen Sie das nicht.“

„Ich werde es mir merken. Danke nochmal.“

Er bewegte sich und fragte sich, was mit ihm los war. Er hatte schon vorher Lächeln und schwarze Haare gesehen. Er hatte sogar schon grüne Augen und weiche, perlmuttfarbene Haut gesehen. Und rosa Lippen, die zum Küssen gemacht waren. *Küssen.*

Puh, er konnte das Küssen nicht aus dem Kopf bekommen. Er war besessen. Er runzelte die Stirn und wich zurück, ohne zu wissen, warum er so vernarrt in Sammy Jo Lovely war. Aber das war er.

Ihre Blicke trafen sich und sein Puls raste wie ein raketenbetriebenes Schnellboot. Ja, es war keine Zauberei, es war reine Chemie.

Er wollte Sammy Jo mit ihrer „Wunschliste“ helfen.

Besonders mit dem Nie-Geküsst-Teil.

KAPITEL DREI

Sammy Jo trug die letzte Kiste mit Röcken und Miedern aus dem Van und stellte den Stapel auf das Regal. Ihr Knie pochte und sie setzte sich einen Moment lang hin. Sie konnte nicht aufhören, an ihren Ritter in der glänzenden Rüstung eines neuen Nachbarn zu denken. Der Mann… raubte ihr den Atem.

Und er wusste, dass sie eine Wunschliste hatte. Das war ein wenig peinlich.

Genaugenommen war es sehr peinlich.

Sie verdrängte die Gedanken an ihn und ging

wieder an die Arbeit. Sie holte die große Tasche mit dem aufblasbaren Bett aus ihrem Van und humpelte die Treppe zu ihrer Wohnung hinauf. Sie konzentrierte sich auf jeden Schritt und nahm sich Zeit, denn das letzte, was sie tun wollte, war, hinzufallen und den Notruf zu wählen. Es wäre schrecklich, wenn nach Jake nun sein Bruder oder Schwager sie retten müsste.

Das würde sich sicher herumsprechen, dass ein totaler Tollpatsch gerade neben ihm gezogen war. Vor allem, weil sie sich sicher war, dass Jake Sinclair noch nie einen unbeholfenen Moment in seinem Leben hatte. Sie hielt auf der Stufe inne und starrte auf das Geländer, über das er wie ein Ninja gesprungen war. Der Mann war wunderbar. Beeindruckend. Spektakulär —

Genug!

Nicht mehr an ihn denken.

Sie war hier, um ihre Träume wahr werden zu lassen. Dieses Gebäude beinhaltete ihre Träume. Es war klein und irgendwie hässlich, aber wenn sie erst mal mit dem Dekorieren fertig war, würde es fantastisch sein. Es befand sich zwar nicht am besten

Standort, aber es würde seinen Zweck erfüllen. Die Tatsache, dass sie direkt nebenan einen Tauchshop hatte, war fast wie ein Zeichen für sie gewesen, als sie den Ort gefunden hatte. Sie war hierher gekommen, in der Hoffnung… nein, entschlossen, ihre Lebensweise zu ändern und ihren Horizont zu erweitern. Der Tauchladen war wie eine tägliche Erinnerung an das Abenteuer, das sie erwartete. Tauchen stand auf ihrer Wunschliste – aber es war ein großer Schritt, weil sie klaustrophobisch war. Der Gedanke, unter Wasser zu sein, versetzte sie in Panik. Doch wenn sie das tun konnte, konnte sie alles schaffen. Also würde sie träumen.

Die malerische kleine Gemeinde von Windswept Bay hatte ihr so viel zu bieten. Es gab nicht nur das ganze Jahr über eine Flut von Touristen, die ihre Spezialanfertigungen zu schätzen wissen würden. Die Stadt war auch wunderschön, malerisch und steckte voller aufregender Aktivitäten. Sicherlich konnte sie hier ein wenig leben.

Es war wirklich ein hübscher Ort und die liebste Erinnerung ihrer Großmutter. Sie war hergekommen, weil ihre Großmutter gesagt hatte, dass sie hier ihr neues Leben beginnen sollte.

Und die schöne Touristenstadt war der perfekte Ort, um den ersten Laden ihrer Lovely You Designs zu eröffnen. Der Gedanke an ihre Großmutter brachte sie zu einem bittersüßen Lächeln. Ihr Herz schmerzte, denn sie vermisste sie so sehr. Es waren erst vier Monate vergangen, seit sie gestorben war. Trotzdem hatte Sammy Jo hart gearbeitet, um den Umzug zu ermöglichen.

Ihre Großmutter wäre so stolz auf sie gewesen und sie hatte das hier für Sammy Jo gewollt. Sie hatte sich den Namen ihrer Designs ausgedacht. Sie hatte sich stets mehr für Sammy Jo gewünscht und sie hatte es gehasst, dass Sammy Jo ihr Leben auf Eis gelegt hatte, um sich um sie und ihren Großvater zu kümmern. Großmutter Träume waren der Grund, weshalb Sammy Jo jetzt hier war. Sie wollte diese Träume verwirklichen.

Sie starrte aus dem Fenster in das Mondlicht und seufzte. Sie war hier. Sie hatte den ersten Schritt getan, um ihr Leben zu ändern. Und morgen würde sie weitere Schritte machen.

„Ich tue es, Großmutter", flüsterte sie und schaute zum Mond hinauf. Einsamkeit umfing sie. Sie atmete tief ein und stieß die Luft langsam aus. *Sie tat es.* Es mochte ein Schritt nach dem anderen sein, aber diese Schritte würden sie vorwärts führen. „Es werden gute Schritte sein, Großmutter. Ich verspreche es."

Sie seufzte und schloss die Augen.

Am Morgen war sie umso entschlossener, die Dinge ins Rollen zu bringen. Sie schaffte es, den Verband zu wechseln, ohne überhaupt das Knie anzusehen. Sie kniff die Augen eng zusammen und atmete schwer. Dann ging sie die Treppe hinunter, um ihren Tag zu beginnen. Auf halbem Weg nach unten hielt sie inne, um zu bewundern, wie das morgendliche Sonnenlicht auf dem topasfarbenen Wasser glitzerte. Windswept Bay war wunderschön. Sie spürte, wie ihr die Geräusche der Brandung Energie verliehen. Sie konnte nicht glauben, dass sie tatsächlich hier war.

Ihr Telefon klingelte und sie fischte das Smartphone aus ihrer Handtasche. Auf dem Display war das Foto ihrer Freundin Roxie zu sehen. Als sie den Anruf entgegennahm, blieb ihr Blick an Jake auf seinem Boot hängen. Oh Gott, der Mann raubte ihr den Atem.

Sie konnte ihn den ganzen Tag lang anstarren. Es war fast schon zwanghaft, als sie ihn beobachtete, wie er sich auf dem Boot bewegte, Dinge überprüfte und einen Moment lang mit den Händen auf den Hüften nur so dastand und auf die Bucht hinausblickte. Die Bucht war umso fantastischer, wenn er im Blickfeld war.

„Guten Morgen", sagte sie, völlig abgelenkt, als sie auf die Stufen sank, um sich zu unterhalten und die wunderbare Aussicht zu genießen. Schließlich war sie nur ein Mensch.

„Hallo Mädel. Ist es so schön, wie es online aussieht? Ist es so toll, wie Oma gesagt hat?"

Sie lachte über Roxies helle Stimme. „Ähm, ja. Es ist wirklich so schön, wie Oma es in Erinnerung hatte."

„Juhu! Ich bin so froh, dass ich dir einen Tritt in den Hintern gegeben habe, damit du deinen Träumen folgst. Deine Oma, Gott hab sie selig, hat Windswept Bay angebetet. Ich weiß, dass sie lächelt, weil du hier bist. Hast du dir schon den Tauchladen angesehen und einen Tauchgang gebucht?"

Sammy Jo lachte. „Ich bin gerade erst angekommen und habe kaum den Van ausgeladen. Aber ich habe den Besitzer des Tauchladens kennengelernt." Sie lächelte, als sie sah, wie er an sein eigenes Telefon ging. Er stand am Ende des Bootes mit dem Rücken zu ihr und blickte auf die Bucht hinaus.

„Sieht Mr. Abenteuer aus der Nähe so gut aus wie auf der Webseite?"

Sie hatten Jakes Geschäft im Internet angeschaut und obwohl sie beim Anblick seines lächelnden Gesichts auf seiner Website ein Flattern der Anziehung gespürt hatte, wurde es dem Mann nicht gerecht. Sie dachte an seine mitfühlenden blauen Augen und seine starke, nackte Brust - welche im Moment von einem roten T-Shirt verdeckt wurde. Sie schob die nackte Brust aus ihren Gedanken. Aber es war eine prägende Erinnerung und sie kämpfte sich immer wieder ins Bild zurück. „Ja, das Bild war genau. Eigentlich sieht er in natura besser aus und ist wahnsinnig nett."

„*Perfekt*. Höre ich da Interesse in deiner Stimme?

Wie hast du ihn kennengelernt?"

„Er, ähm, hat mir beim Einzug geholfen", quietschte sie und kämpfte gegen die Stimmen im Hintergrund, die ‚Ja' schrien, dass sie ganz bestimmt interessiert war.

„Wunderbar. Wie ist das passiert?"

Sie runzelte die Stirn. „Ehrlich gesagt, wir haben uns kennengelernt, als ich mit dem Gesicht voraus auf den Bürgersteig gefallen bin und er mir zu Hilfe kam."

Es herrschte für einen Moment Stille. „Ernsthaft? Geht es dir gut?"

„Es geht mir gut. Mein Knie und mein Stolz sind zerkratzt, aber es geht mir gut. Er war auf seinem Boot, sah mich auf dem Bürgersteig aufschlagen und kam angerannt. Der Mann sprang über einen Zaun, um zu mir zu kommen." Das erstaunte sie noch immer.

„Ich bin beeindruckt. Magst du ihn? Vielleicht hilft er dir, ein paar Dinge von deiner Liste abzuhaken und nicht nur das Tauchen. Wie an einem Strand im Mondschein geküsst zu werden. Du solltest ihn fragen."

Sie lachte laut auf und schnitt eine Grimasse,

obwohl Roxie sie nicht sehen konnte. „Ich werde den Mann nicht bitten, mich zu küssen.“

„Du bist eine Spaßbremse. Ich wette, er würde es tun. Es ist schon romantisch, wenn er über einen Zaun springt, um dir zu helfen. Sag mir, dass er Single ist und dass du eine Romanze haben wirst.“

„Roxie, er ist Taucher. Ihm gehört ein Tauchladen, Herrgott noch mal. Laut dem Profil auf seiner Webseite hat er alle möglichen abenteuerlichen, riskanten Hobbys. Auf keinen Fall würde er sich zu einer Person wie mir hingezogen fühlen. Ich bin in meinem Leben noch nie ein Risiko eingegangen. Mir wird beim Anblick von Blut schwindelig und es ist nur ein Wunder, dass ich deswegen nicht in Ohnmacht falle. Ich bin nicht sein Typ.“ Sie dachte an die Blondine, die ihn in die Bucht geschubst hatte. Offensichtlich wunderschön, voller Leben und wahrscheinlich sehr leidenschaftlich, wenn das Schubsen eines Mannes in die Bucht ein Hinweis war. Sammy Jo könnte Jake mit so jemandem sehen. Es sei denn, die Frau war einfach eine schreckliche Person. Sammy Jo würde nichts dergleichen tun.

„Hör auf, Vermutungen anzustellen."

„Wenn er mich durch irgendeinen Zufall um ein Date bitten würde, würde es nicht lange dauern, bis er merkt, dass wir nicht kompatibel sind. Ich bin auf so vielen Ebenen langweilig und er ist es nicht. Ich könnte auf keinen Fall einen Mann wie ihn behalten."

Es stimmte und sie weigerte sich, sich etwas anderes vorzumachen. Sie war eher praktisch veranlagt, wenn überhaupt. Er schien interessiert zu sein, aber sie wusste, dass sie einem Mann wie Jake Sinclair nichts zu bieten hatte und es würde nicht lange dauern, bis er das herausfand.

„Hey, hör auf, dich selbst zu unterschätzen."

„Ich bin nur realistisch." Sie beobachtete, wie er seine Morgengruppe von Tauchern begrüßte. Vier Männer und fünf Frauen. Während er sie begrüßte, erblickte er sie und hob winkend seine Hand. Ihr Herz flatterte. Sie hob die Hand und winkte ebenfalls, blickte dann weg und zwang sich, nicht mehr in sein Lächeln hineinzulesen, als da war.

„Er könnte dein Mann sein."

„Er ist nicht mein Mann. Er ist der Mann, dem der

Tauchladen nebenan gehört. Den ich vielleicht anheuern könnte, um mir das Tauchen beizubringen. Also, können wir über etwas anderes reden?"

„Du willst immer das Gespräch beenden, wenn es eine Komfortzone verlässt. Und vergiss nicht, dass du hier bist, um aus deinem Kokon zu kommen und ein Schmetterling zu werden. Du und Oma habt die Liste zusammen erarbeitet und du hast es versprochen. Hast du mich verstanden?"

Sammy Jos Griff um das Telefon wurde fester.

„Sammy Jo?"

Sie beobachtete Jake, wie er mit einer der Frauen sprach, sah das rothaarige Spielzeug mit den langen, roten Haaren, wie sie mit ihm sprach. Nein, Sammy Jo konnte sich nicht mit Frauen wie ihr messen. Sie hatte einem Mann wie Jake nichts zu bieten.

„Sams?"

„Ja, Roxie. Ich höre dich."

„Gut, denn ich habe deiner Oma auch ein Versprechen gegeben. Und ich werde meines halten, also sei bereit. Mein Job ist es, dir zu helfen, da rauszukommen. Mein Job ist es, dich zu verfolgen, bis du endlich aus deinem Schneckenhaus kommst."

Sammy Jo ließ die Stirn auf ihre Handfläche fallen. „Wieso habe ich Oma jemals versprochen, dass ich diese Wunschliste anlege?"

„Aus einem einfachen Grund. Wir beide wissen, dass es dein tiefster Herzenswunsch ist, ein paar Abenteuer Leben zu erleben. Du brauchst nur etwas Entschlossenheit, wie Oma es nannte."

Sie seufzte. „Richtig. Aber Roxie, jetzt wo ich hier bin, habe ich Angst und um meine Entschlossenheit ist es nicht gut bestellt."

„Und das ist verständlich. Du hast dich bis jetzt hinter Mauern versteckt, dich um deine Großeltern gekümmert und ein Geschäft online aufgebaut. Jetzt befreist du dich langsam und das ist völlig verständlich. Aber genau wie Deine Oma immer sagte: du kannst in der gleichen Hose glücklich werden, in der du Angst hattest. Mädel, du schaffst das. *Du kannst es*, vergiss das nicht, okay? Aber während du es tust, sei nett zu dir selbst. Du hast es verdient."

Sie nickte und atmete tief ein, als sie das Boot mit Jake und seiner Gruppe fröhlicher Abenteurer auf dem

Weg hinaus aufs offene Meer beobachtete.

Eines Tages könnte sie vielleicht auf diesem Boot sein. *Vielleicht*.

Die Sonne versank in der Bucht in einem eindrucksvollen Spektakel von goldenem Orange und leuchtendem Rosa, als Jake den Tag beendete. Er hatte den ganzen Tag an seine neue Nachbarin gedacht. Er sah Sammy Jo, wie sie leere Kartons vor ihrer Hintertür zusammenfaltete und ging in ihre Richtung.

„Wie geht's dem Knie?", rief er und ging den Bürgersteig entlang. Sie hatte offensichtlich den ganzen Tag ausgepackt, denn er hatte sie bereits bei Tagesanbruch gesehen, als er zu seinem ersten Tauchgang aufgebrochen war.

Ihr Lächeln war sanft und ließ ihn komische Dinge in seiner Brust fühlen.

„Dem geht's gut", sagte sie mit ihrer sanften, verführerischen Stimme. „Etwas steif, aber ich habe dank Ihnen überstanden."

„Und ich bin froh, dass ich helfen konnte. Ich

habe mich wirklich schlecht gefühlt, weil ich Sie gestern verlassen habe."

Sie wirkte bestürzt. „Sie waren fantastisch. Ich habe meiner Freundin Roxie gesagt, wie toll Sie waren als wir heute Morgen telefonierten. Sie haben mir so sehr geholfen und ich bin diejenige, die dankbar ist, dass Sie da waren. Es gibt keinen Grund, sich schlecht zu fühlen."

„Nachdem ich Sie verlassen hatte, dachte ich immer daran, dass Sie mit einem verletzten Knie Ihre Sachen in die Wohnung bringen mussten. Ich hätte bleiben sollen."

„Nein, das wäre nicht nötig gewesen. Auch wenn es nicht so aussieht, kann ich auf mich selbst aufpassen. Sie sind ein vielbeschäftigter Mann, das ist offensichtlich."

„Überfordert, um genau zu sein. Aber zum Glück habe ich den Tag überstanden, ohne von noch mehr verärgerten Kunden in die Bucht geworfen zu werden."

Sie lachte. „Das ist immer eine gute Sache. Und ich habe nicht noch einmal versucht, mit dem Gesicht zuerst auf den Bürgersteig zu tauchen, also sieht es für uns beide gut aus. Sie sind heute Morgen sehr früh aufgebrochen. Fahren Sie jeden Tag so früh raus?"

„Nicht jeden Tag. Aber ich genieße es. Ich jogge morgens auch gern, also versuche ich, an zwei Morgen in der Woche später mit der Arbeit zu beginnen. Joggen Sie?"

„Das ist tatsächlich etwas, das mir Spaß macht. Ich konnte das früher tun, ohne mich zu weit von zu Hause zu entfernen." Sie atmete die salzige Luft ein und blickte hinaus auf den Ozean. Als ob er sie rief, ging sie mit langsamen Schritten auf das Geländer zu. Er folgte ihr und ihm gefiel es, wie ihr hellblaues Kleid sich in der Brise an sie schmiegte. Sie sah aus, als gehöre sie zur Bucht: die Farben und die Bewegung schienen nahtlos in die Umgebung überzugehen. Als sie das Geländer erreichte, legte sie beide Hände darauf und betrachtete die Aussicht.

Er musterte sie. Sie war wunderschön. „Warum mussten Sie in der Nähe Ihres Zuhauses bleiben? Oder hatten Sie nur Angst, zu weit weg zu gehen?" Sie hatte eine Wunschliste und blieb in der Nähe ihres

Zuhauses. Das war so weit alles, was er über sie wusste.

„Ich habe mich um meine Großeltern gekümmert und mein Online-Geschäft betrieben, also hatte ich viel zu tun, was mich zu Hause hielt", sagte sie etwas zu schnell, als sie sich vom Wasser wegdrehte. „Ich gehe besser zurück. Ich komme voran, aber ich habe noch ein gutes Stück vor mir. Mein Schild ist angekommen und ich will sehen, ob ich es aufhängen kann. Wenn ich es vor dem Geschäft anbringe, wird es sich offiziell anfühlen."

„Ich kann es für Sie aufhängen." Er ging auf ihren Laden zu.

„Nein." Sie holte ihn ein, ihr Gesichtsausdruck voller Beunruhigung. „Wirklich, ich kann heute nicht schon wieder Ihre Zeit in Anspruch nehmen."

Er ging weiter und bemerkte, dass sie humpelte, da sie wahrscheinlich eine gewisse Steifheit in ihrem verletzten Knie spürte. Ein Grund mehr, dass er ihr Schild aufhängen sollte. „Es macht mir nichts aus. Außerdem würde meine Mutter einen Anfall bekommen, wenn sie wüsste, dass ich meiner neuen Nachbarin nicht geholfen habe, ihr Ladenschild aufzuhängen. Sie hat alle ihre Jungs ziemlich gut erzogen."

„Okay, aber ich komme mir vor, als würde ich mich aufdrängen." Ihr Gesichtsausdruck war angespannt.

„Nur, wenn Sie mein Angebot ablehnen." Er zwinkerte ihr zu, in der Hoffnung, die Sorge in ihren Augen zu lindern.

Ihre Lippe zuckte, dann kicherte sie leicht. „Sie haben mich überzeugt."

„Ich gebe mir wirklich Mühe." Sie war süß und ihr sanftes Gekicher rollte sich tief in seiner Brust zusammen wie ein schnurrendes Kätzchen. „Ich will das tun." Sie starrten einander an, unnachgiebig, es war ein Kampf der Willenskraft. Schließlich zuckte ihre Lippe und er wusste, dass er gewonnen hatte.

Sie neigte den Kopf zur Seite. „Könnten Sie mir dann bitte helfen, mein Schild aufzuhängen?"

Er hielt ihr die Tür auf und lächelte sie übermütig

an. „Ich dachte schon, Sie würden mich nie fragen."

Sammy Jo beobachtete Jake auf der Leiter, als dieser ein Loch für die neuen Dübel bohrte, auf deren Verwendung für das Schild er bestanden hatte. Die Sonne ging unter und das Licht aus dem Inneren des Ladens warf langsam einen Schein auf den Bürgersteig. Es war ein schöner Abend. Sie versuchte, sich darauf zu konzentrieren, aber es war nicht genug, um sie von der Tatsache abzulenken, dass ihr gutaussehender Nachbar auf der Leiter stand und ihr half. Es war schwierig, ihn nicht anzustarren.

„Da haben wir's, die Haken sind drin." Er kletterte die Leiter hinunter und sprang von der letzten Sprosse. „Sind Sie bereit, da hochzuklettern und das werte Stück aufzuhängen? Ich werde helfen, es zu halten. Sie hätten alle Hände voll zu tun gehabt, das Ding allein und nur mit dem einen Schraubenzieher aufzuhängen, den Sie haben."

„Sie haben recht." Sie versuchte angestrengt, den Effekt zu ignorieren, den es hatte, nahe bei Jake zu stehen. Es hatte ihr nichts ausgemacht, ihm bei der Arbeit zuzusehen, aber jetzt würde er sie beobachten. Sie fühlte sich selbstbewusst und betete, dass sie nicht von der Leiter fiel. Sie nahm ein Ende des Schildes, während er das andere hielt und kletterte dann eine Sprosse nach der anderen hinauf. Das Schild hing nur am tief heruntergezogenen Vordach, das nur drei Meter vom Boden entfernt war. Sie blieb auf halbem Weg die Leiter hinauf stehen und schaute zu Jake hinunter. Er hielt die Leiter und ihre Hüften befanden sich zufällig auf der Höhe seiner Schultern. Sie war sich des Mannes nur allzu bewusst. Ihre Blicke trafen sich und ihre Knie wurden weich, genauso wie ihr Inneres.

Er starrte sie an, als wäre er nervös. Die Vorstellung war lächerlich. Sie machte Jake Sinclair nicht nervös. Niemals. *Allerdings machte er sie nervös.*

„Hängen Sie einfach die Ösen am Schild auf die Haken."

„Okay." Sie schob den Ring über den Bolzen und dann, als er sein Ende des Schildes anhob, lehnte sie sich seitlich von der Leiter weg, um den anderen Ring über den zweiten Bolzen zu schieben. „Das war's."

Sie kletterte die Leiter hinunter und freute sich, wieder auf festem Boden zu stehen. Er hielt die Leiter fest und sie waren sich sehr nahe. Ihr Puls wurde unregelmäßig, als sie auf der unteren Sprosse auf Augenhöhe mit ihm stehenblieb.

„Herzlichen Glückwunsch. Ihr Laden ist offiziell. Das ist ein gutes Gefühl, oder? Ich weiß noch, wie ich mich fühlte, als ich mein Schild mit meinem Namen drauf aufhing. *Jakes Dive Shop*. Es fühlte sich gut an."

Sie mochte ihn. „Es fühlt sich wirklich toll an. Ich mag es, meinen Namen auf meiner Kleidung zu haben. Und auf dem Geschäft."

„Lovely You". Sein Blick suchte ihren. „Das ist ein wirklich schöner Name, Sammy-So-Lovely."

Bei seinem Spitznamen für sie brachen Schmetterlinge in ihrer Brust aus. Sie könnte sich daran gewöhnen, das zu hören. Es versetzte sie in einen Rausch, obwohl sie sich sagte, dass er sie nur necken wollte. Aber dann sah sie ihn an und etwas in seinen Augen sagte ihr immer wieder, dass er fühlte, was sie fühlte.

Auf keinen Fall. Das war nicht möglich. Sie machte sich wirklich etwas vor.

Er liebte das Abenteuer und Dinge zu unternehmen. Der Mann genoss nicht nur das Tauchen, sondern auch Freizeitbeschäftigungen wie Fallschirmspringen. *Er konnte nicht an ihr interessiert sein.*

Sekunden vergingen und sie sagte sich, sie solle sich von ihm wegbewegen, aber ihr Körper hörte nicht auf sie.

„Darf ich Sie etwas fragen?" fragte er schließlich und hielt sie weiterhin in seinem Bann.

Sie nickte und versuchte, ihren Blick nicht auf seine Lippen zu fokussieren.

„Würden Sie mit mir schwimmen gehen?"

Ihre Augenbrauen schoben sich zusammen. „Schwimmen?" Sie blinzelte heftig. *Hatte er sie gerade gebeten, mit ihm zu schwimmen?*

In seinen Worten lag ein Kichern. „Ja, morgen, nach Feierabend. Es gibt eine kleine Insel vor der Küste, die von klarem, flachem Wasser umgeben ist, das sich perfekt zum Schwimmen eignet. Ich dachte, wenn Sie sich abenteuerlustig fühlen, könnte ich Sie dorthin bringen und Sie könnten zwei Punkte auf ihrer Wunschliste abhaken.“

Ihr Mund wurde trocken. „Punkte abhaken.“ Sie schluckte schwer.

„Eine Bootsfahrt und Schwimmen im Meer.“ Er lächelte. „Was sagen Sie dazu?“

„Ich, nun ja, ich hab so etwas noch nie getan.“ Sie stolperte über ihre Worte und wiederholte Dinge, die sie beide bereits wussten.

Er kicherte. „Aber würden Sie gern schwimmen gehen? Sie müssen im Meer schwimmen und sicherstellen, dass Sie nicht seekrank werden, bevor Sie den nächsten Schritt wagen und tauchen.“

Ihr Magen verkrampfte sich. *Er bot ihr an, ihr bei der Erfüllung ihres wichtigsten Wunsches, dem Tauchen, zu helfen. Und er hatte so Recht: Wie konnte sie tauchen, falls sie seekrank wurde?*

„Sagen Sie ja. Ich kann es in Ihren Augen sehen, dass Sie es wollen“, lächelte er und brachte ihre ganze Abwehr zum Schmelzen.

„Ich habe das Gefühl, hierher gezogen zu sein und

in Ihr Leben einzudringen. Aber wenn Sie sich sicher sind, dann würde ich gerne gehen."

„Toll. Und Sie stören nicht."

„Ich hoffe nur, dass ich mich nicht übergeben muss."

Er lachte auf. „Dafür gibt es heutzutage gute Medikamente. Also ist das ein Ja?"

„Ja. Ich werde bereit sein." Sie konnte sich ein Lächeln der Vorfreude nicht verkneifen. Ihr war fast schwindelig. Dann erwiderte er ihr Lächeln und ihre Brust wurde eng.

„Toll. Wir sehen uns dann." Er griff nach der Leiter. Dabei streifte sein Arm gegen ihren und entfachte ein Kribbeln wie ein Lauffeuer.

Sie ging aus dem Weg, damit er die Leiter nehmen konnte und dann sah sie zu, wie er sie anhob. Sein Bizeps spannte sich und erinnerte sie daran, wie stark er war. „Danke, dass Sie das alles tun."

Er hielt inne und in seinen Augen lag ein neckisches Funkeln. „Kein Problem. Es wird Spaß machen."

Irgendetwas an diesem Mann ließ sie glauben,

dass es in Ordnung sein würde. Sie empfand Angst, aber war auch von freudiger Aufregung erfüllt. „Ich werde bereit sein."

Sein Lächeln wurde breiter. „Dann ist es ein Date. Wir sehen uns morgen."

Ein Date… Ha, wenn sie nur so viel Glück haben könnte. Sie machte sich nichts vor und verstand vollkommen, dass er ihr nur helfen wollte. Der Mann hatte wahrscheinlich Mitleid mit ihr, nachdem er ihre Wunschliste gelesen hatte.

Nein, sie machte sich keine Illusionen und wusste genau, dass das kein richtiges Date war. Er wollte nur helfen. Das war er eben: ein sehr hilfsbereiter Kerl.

KAPITEL VIER

Am nächsten Nachmittag brachte Jake die letzte Tauchgruppe in Rekordzeit zurück zum Dock. Wieder einmal hatte er den ganzen Tag an Sammy Jo gedacht und war bereit, mit ihr aufs Wasser zu gehen. Er sah sie das Dock hinunterkommen, als der Letzte seiner Gruppe ging und sein Puls wurde unregelmäßig. Sie trug ein Strandkleid, das bis zu ihren Knien reichte. Das weiche gelbe Outfit war bescheiden und er bemerkte wieder einmal, wie hübsch sie war. Sie sah wie ein Sonnenstrahl aus, als sie mit einem wunderschönen Lächeln auf ihn zukam.

Er war sich nicht sicher, wie es geschehen war, aber er freute sich wirklich darauf, jeden Tag ihr hübsches Gesicht zu sehen. Und es machte ihn glücklich, sie auf ihre erste Bootsfahrt mitzunehmen, weil sie so glücklich aussah.

„Hey, schöne Frau, bist du bereit, mit mir zu fahren?" Sie strahlte und sein Puls raste unbesonnen.

„Ehrlich gesagt, hab ich mich den ganzen Tag wie ein Kind gefühlt. Ich bin so aufgeregt. Aber mir ist auch ein wenig bange zumute."

Er sprang vom Boot auf das Dock und musste sich zusammenreißen, damit er sie nicht umarmte. „Völlig verständlich. Aber entspann dich. Wir werden heute das 8-Meter-Boot nehmen, anstatt *Hopper*." Er überquerte den Pier und sprang in das kleinere Boot. Er streckte Sammy Jo eine Hand entgegen.

Sie starrte das Boot an. „Das nennst du ein kleines Boot?"

Er lächelte. „Ja, im Vergleich zu anderen, aber es ist sehr seetüchtig."

Sie nahm seine Hand und bei ihrer Berührung kribbelte es in seinem Arm. Sie trat auf den Rand des

Bootes, es schaukelte und sie rutschte, als sie sich bewegte, um in das Boot hineinzusteigen.

„Ich habe dich." Er packte sie um die Taille und stellte sie auf die Beine. Sie roch gut, süß und verführerisch. „Du bekommst ganz schnell deine Seebeine."

„Ich hoffe es, denn es schaukelt ziemlich. Ich muss mich erst an dieses Gefühl gewöhnen."

„Das wirst du." Er nahm seine Hände weg, obwohl es ihm schwerfiel. „Setz dich auf die Bank am Steuerrad, ich mache die Leinen los und dann fahren wir raus."

Sie tat, wie er es verlangte und bewegte sich langsam zur Bank. Er drehte den Schlüssel, schaltete die beiden Motoren ein und ging dann zum vorderen Teil des Bootes. „Dieses Boot wird uns in die Nähe der Insel bringen, die ich dir zeigen will. Es bewegt sich gut im flachen Wasser." Er band die Vorderseite los, dann ging er und band die Rückseite los. Dann kam er zu ihr. „Du kannst neben mir stehen und deine Hüften gegen die Bank lehnen oder dich darauf setzen. Alles geht."

Sie lehnte sich gegen den Sitz und hielt sich an der Seite des Armaturenbretts fest. „Ich versuche es erst mal so."

„Klingt gut. Auf geht's." Er steuerte das Boot auf die Mündung der Bucht zu und drückte dann den Gashebel nach vorne und brachte sie in Fahrt.

Er warf einen Blick auf Sammy Jo und sah, dass sie lächelte. Ihre Augen funkelten vor Glück, als sie ihn ansah. „Wie gefällt es dir?" fragte er über den Wind.

„Ich liebe es!"

„Ich auch. Lehn dich zurück und halt dich fest. Los geht's."

Der Wind peitschte in Sammy Jos Augen und riss einige Strähnen ihres Haares aus der Spange, mit der sie es nach hinten gesteckt hatte. Es war ein verlorener Kampf, als die Strähnen um ihr Gesicht vom Wind gepeitscht wurden. Sie war von einem Hochgefühl und purer Freude erfüllt, als das Boot an Segelbooten und Jachten vorbei durch die Wellen schnitt. Daran konnte sie sich gewöhnen. Jake verlangsamte das Boot, um ein Wasserflugzeug beim Start zu beobachten. Es machte ein paar Sätze über das Wasser und hob sich dann in die Luft.

„Das sieht ebenfalls nach sehr viel Spaß aus." Sie lehnte sich nah heran, damit Jake sie hören konnte.

Er lächelte sie an. „Das ist es."

Als das Boot nicht zur Seite wich und das Flugzeug direkt auf sie zukam, klopfte ihr Herz bis zum Hals. „Wird es uns rammen?" Sie packte Jakes Arm, als sich das kleine Flugzeug vom Wasser hob und leicht über ihre Köpfe in den blauen Himmel segelte.

Sie drehte sich herum und hielt sich die Hände über die Augen, als das Flugzeug den linken Flügel zu ihnen senkte, bevor es in einem langen Bogen über sie hinweg und dann die Küste hinunter flog. Sie wirbelte herum, um Jake anzuschauen. „Ich dachte, es würde uns treffen."

Sein Lächeln wurde breiter. „Es war nicht auf der richtigen Flugbahn, um uns zu treffen, obwohl es so aussah. Das ist ein Freund von mir, der es genießt, mir das Leben schwer zu machen und meine Kunden zu schikanieren. Ich revanchiere mich manchmal." Er lächelte. „Es erscheint wirklich nur so, als würde er uns rammen, auch wenn er nicht auf uns abzielt."

„Nun, das ist eine Erleichterung. Das hättest du mir aber auch vorher sagen können."

„Und dir die Aufregung des Augenblicks verderben?"

„Oder den Kick, den du bekommst, wenn du mir zusieht, wie ich fast hyperventiliere." Sie lachte. „Und ich dachte gerade, du wärst ein wirklich netter Kerl."

„Ich bin ein netter Kerl. Ich helfe dir, Punkte auf deiner Liste abzuhaken. Mein Kumpel kann dich in seinem Flugzeug mitnehmen, falls du das auf deine Liste schreiben möchtest."

Sie starrte ihn engeistert an. „Ist das dein Ernst?"

„Das ist es."

„Ich werde darüber nachdenken. Meine Wunschliste ist noch in Arbeit."

„Ja, aber es ist cool, dass du eine hast. Ich möchte diese Liste abgehakt sehen. Du bist der erste Mensch, den ich kenne, der eine solche Liste geschrieben hat.

Das gefällt mir. Es ist ein Abenteuer für sich."

Sie sahen einander an.

„Schildkröte!" rief er, riss das Ruder herum und ließ Sammy Jo gegen ihn fallen. Er schlang einen Arm um sie, um ihr Halt zu geben. „Tut mir leid. Ich wollte die arme Schildkröte nicht treffen. Es hätte sie verletzt oder getötet. Alles okay?" Er starrte sie an und ihr Herz pochte gegen seines.

Sie nickte und fühlte, wie sein Herz genauso heftig durch sein dünnes T-Shirt schlug. „Es geht mir gut. Danke, dass du die Schildkröte gerettet hast", sagte sie atemlos. Dann drückte sich von ihm weg und klammerte sich einem Griff fest, um festen Halt zu finden. Auch wollte sie verhindern, dass sie aus Versehen, bzw. mit Absicht, wieder gegen ihn fiel.

Sie dachte über ihre Wunschliste nach, und ihre Gedanken blieben an einem Punkt hängen. „Halte durch, da drüben. Es ist Zeit, dich ins Wasser zu bringen. Gleich kommt die Insel." Er lächelte sie an.

Ihr Puls raste und für einen Moment hing sie einem Tagtraum nach. Der Mann war lustig und umwerfend und sie hatte ihn nun auf ihre Liste gesetzt... Statt dass da stand *Einen Mann an einem Strand im Mondschein küssen*, hieß es nun *Jake Sinclair an einem Strand im Mondschein küssen*.

Ein Mädel konnte ja schließlich träumen.

Jake konnte sich nicht erklären, warum Sammy Jo ihn so beeindruckte wie niemand je zuvor, aber er wusste, dass sie etwas an sich hatte, das ihn anzog. Vielleicht war es ihre ruhige Art. Allein ihr Anblick gab ihm ein Gefühl der Ruhe, das er nicht gewohnt war. Er war ein rastloser, schnelllebiger Kerl und daher war es erschreckend, in ihre tiefgrünen Augen zu schauen und einfach in einer Warteschleife verharren zu wollen. Doch wie würde ihn wahrscheinlich für seltsam halten, wenn er sie nur stundenlang anstarrte.

Es war etwas, das er noch nie zuvor erlebt hatte. Er war absolut bereit, herauszufinden, wie sich diese Dynamik entfalten würde.

Für den Moment genoss er den Ausdruck der Freude auf ihrem Gesicht, als er das Boot über das blaue Wasser der Küste fuhr, die er so liebte. *Warum war sie nie zuvor ein Risiko eingegangen? Warum hatte sie nicht schon früher einen Laden eröffnet?* Diese neugierigen Fragen erfüllten seine Gedanken.

„Macht es dir Spaß?", fragte er, nachdem sie einige Minuten schweigend gefahren waren.

Ihre Augen leuchteten wie ein Feuerwerk, das an Silvester explodiert. „Ich *liebe* es. Ich liebe es wirklich sehr."

Ihre Aufregung zog ihn an wie das Licht die Motte. Über ihre Schulter sah er Bewegungen im Wasser. Er berührte ihren Arm und lehnte sich zu ihr. „Dort." Er deutete an ihr vorbei auf das nicht weit vom Boot schwimmende Delfinpaar, das mit ihnen mithielt, als sie durch das Wasser glitten.

Sie sah ihn an und drehte sich dann um, um zu sehen, worauf er zeigte. „Oh wow", keuchte sie. „Sie sind fantastisch."

Sein Puls beschleunigte, als er ihr körperlich so nahe kam. Ihr Haar kitzelte seine Nase und sie lehnte sich leicht zurück. Wahrscheinlich ohne es überhaupt zu merken und dennoch war ihr Rücken gegen seine Schulter gepresst, als sie die Delfine beobachtete, die aus dem Wasser sprangen. Er verspürte den Wunsch, einen Arm um ihre Schultern zu legen und sie noch ein wenig näher an sich zu ziehen. Aber er begnügte sich damit, ihren Duft einzuatmen und er behielt seine Hand widerwillig am Steuerrad. Er fuhr langsamer, um in der Nähe der Delfine zu bleiben. Sie schob die Strähnen ihrer losen Haare aus dem Gesicht und hielt sie mit einer Hand zurück, während sie den geschmeidigen grauen Säugetieren zuschaute.

„Ich könnte sie den ganzen Tag beobachten. Sie sind so bezaubernd."

Er könnte *sie* den ganzen Tag lang beobachten. „Gut, denn du wirst mit ihnen schwimmen. Oder zumindest in ihrer Nähe. Siehst du den kleinen grünen Fleck in der Ferne? Das ist die Insel, zu der wir fahren und bei der sich die Delfine oft aufhalten."

Sie wandte sich um, um ihn direkt anzuschauen. „Wirklich? Sie werden sich uns tatsächlich nähern?"

„Manchmal."

Ihre Augen funkelten. „Vielen Dank, dass du mich hierher gebracht hast."

Er fühlte sich plötzlich etwa drei Meter groß.

„Alles für die Dame", sagte er und wollte sie in diesem Moment einfach nur küssen. Er merkte in diesem Moment auch, dass er sich in Bezug auf seine neue Nachbarin überfordert fühlte. Er hatte noch nie eine so starke Anziehung zu jemandem gespürt.

Es war eine Situation, in der er sich nie zuvor befunden hatte. Es raubte ihm den Atem.

„Ist alles in Ordnung?" Ihr Lächeln verblasste und ihr Gesicht bekam einen leicht verwirrten Ausdruck.

Er riss sich zusammen. „Ja, klar. Alles ist perfekt."

„Okay. Für einen Moment hast du besorgt ausgesehen."

„Besorgt, ich? Nee." Er grinste beruhigend und hoffte, dass es glaubwürdig aussah.

Endlich schien sie seine Worte zu akzeptieren. Sie wandte sich ab, um die Insel anzuschauen und er atmete auf. Er fuhr sich mit einer Hand durch sein kurzes Haar und bemühte sich, die Fassung zurück zu gewinnen, bevor er in den Abgrund fiel, auf dessen Rand er plötzlich zu taumelte.

Und er taumelte ganz sicher. Genauer gesagt, schien er kurz davor, sich im freien Fall zu befinden.

Überwältigt von der Schönheit ihrer Umgebung *und* dem tollen Mann, der sich die Zeit genommen hatte, sie hierher zu bringen, beobachtete Sammy Jo die Tümmler, wie sie im Wasser rund um die kleine, malerische Insel spielten. Niemals in einer Million Jahren hätte sie sich diesen Tag erträumt.

Und er kam aus einer Laune heraus auf die Idee.

Er verlangsamte das Boot und sie glitten ins flache Wasser nahe der kleinen Insel.

„Das Wasser ist so klar und so ein sanftes Türkis." Fasziniert beugte sie sich über den Rand und schaute nach unten. Die Variationen der Wasserfarben faszinierten sie. Unterschiedliche Tiefen ergaben unterschiedliche Farbschattierungen. Es war erstaunlich. Sie konnte die Felsen auf dem Grund deutlich sehen. Sie fühlte sich wie in einem Traum, in dem alles atemberaubend war und so anders als in ihrem Leben vor vier Monaten. „Wie tief ist es hier?"

„Es sind etwa drei Meter. Wir gehen auf etwa eineinhalb Meter ran und dann werde ich den Anker ablassen."

„Es ist verrückt, diese kleine Insel mitten im

Nirgendwo zu finden, mit ihrem eigenen kleinen weißen Sandstrand."

Er hatte seine Sonnenbrille aufgesetzt und sie konnte seine Augen nicht mehr sehen. „Es gibt kleine Orte wie diesen, die über die ganze Küste verstreut sind. Dieser hier ist etwas Besonderes für mich, wegen der Tümmler. Hier sind wir auch immer zum Familienpicknick hergekommen, als wir klein waren."

Sie sah ihn mit staunenden Augen an. „Familienpicknick auf einer Insel. Ich kann mir nicht vorstellen, dass…" Ihre Stimme verstummte und sie schaute zurück zur Insel. „Ich kann immer noch nicht glauben, dass ich jetzt hier bin. Ich bin begeistert, sie einfach nur zu sehen."

Er hatte das Boot langsam in Richtung Insel gefahren. Jetzt stellte er den Motor ab, ging zur Vorderseite des Bootes und löste den Anker. Er ließ ihn ins Wasser fallen und führte die Kette so lange über Bord, bis der Anker sich festsetzte. Die Sehnsucht in ihrer Stimme, als sie vom Familienpicknick gesprochen hatte, war ihm nicht entgangen. Er hatte diese Zeiten als selbstverständlich angesehen, da seine

Familie alles an der Windswept Bay liebte. Und alles daran, eine Großfamilie zu sein.

Als er die Ankerkette losließ, drehte er sich zu ihr um und grinste. „Okay, alles bereit. Dein eigener, persönlicher Swimmingpool. Inklusive Tümmlern." Er zeigte hinter sie und sie drehte sich gerade noch rechtzeitig um, um die eleganten grauen Delfine aus dem Wasser springen zu sehen, als würden sie einander nachahmen.

Sie legte ihre Hände an die Wangen und sah ehrfürchtig zu. „Sieh dir ihre seidigen grauen Körper an, die im Sonnenlicht glänzen."

Jake kam, um neben ihr am Rand des Bootes zu stehen. Er liebte ihre Aufregung. „Sie sind Akrobaten des Meeres."

„Ich kann einfach nicht glauben, dass du mich hierher gebracht hast." Sie legte ihre Hand auf seinen Arm und blinzelte, als sich die Tränen in ihren Augen sammelten. „Ich hatte das nicht einmal auf meiner Liste und plötzlich bin ich hier, kurz davor, in das herrliche Wasser zu springen und mit diesen wunderschönen Kreaturen zu schwimmen." Sie blinzelte heftig, aber Tränen liefen ihr über die Wangen. „Es tut mir leid wegen der Tränen. Es ist verrückt, ich weiß nicht einmal, warum ich weine. Außer, dass ich einfach so überrascht und aufgeregt bin."

„Nicht weinen." Er trat auf sie zu und richtete einen besorgten Blick auf die Träne, die ihr über die Wange glitt und er erschreckte sie, als er ihren Kiefer umfasste und sanft die Träne mit seinem Daumen wegwischte. Jede Zelle in seinem Körper sehnte sich danach, sie in den Arm zu nehmen. Um alles für sie in Ordnung zu bringen, denn in seinen Augen schien irgendetwas in Sammy Jos Leben schief gelaufen zu sein.

„Ich wollte dich nicht zum Weinen bringen, aber wenn es gute Tränen sind, dann ist das okay. Sind es gute Tränen?"

Sammy Jo versuchte, ihr Gesicht nicht gegen seine Hand zu lehnen. Sie fühlte sich dort so gut an ihrer Haut an. „Es sind gute Tränen", flüsterte sie und sehnte sich danach, seine Arme um sie herum zu spüren, wie an dem Tag, als er ihr zu Hilfe kam.

Sein Grinsen wurde breiter und seine Augen funkelten. „Zum Glück gab es vier Schwestern, die mir beibrachten, dass Frauen manchmal gute Tränen weinen. Wenn das nicht so wäre, hätte ich mir Sorgen gemacht.“

„Das hast du sehr gut gemacht.“ Emotionen ließen ihre Stimme beben.

„Wenn ich sage, dass ich dir bei etwas helfen möchte, dann will ich es richtig machen. Aber das hier zeigt mir, dass du auf jeden Fall öfter mal rauskommen musst. Bist du bereit, ins Wasser zu gehen?“ Er sah sie an und lächelte auf eine Art, die man nur als schelmisches Grinsen bezeichnen konnte.

Der Mann machte es einem schwer, klar zu denken. „Ich bin bereit. Ich fühle mich wie ein Kind am Weihnachtsmorgen. Ich bin mehr als bereit.“

„Dann lass es uns tun.“ Er zog sein T-Shirt aus und als die Sonne seinen gebräunten, muskulösen Oberkörper küsste, vergaß sie für einen Moment das Atmen. Er warf das T-Shirt auf das Armaturenbrett des

Bootes und legte dann seine Hände auf die Hüften. „Okay, du bist dran. Du wirst doch nicht in diesem Kleid schwimmen gehen, oder?"

„Oh, richtig." Sie versuchte, sich nicht der Situation bewusst zu sein, als sie das Kleid über ihren Kopf zog und neben seinem T-Shirt auf das Armaturenbrett legte. Sie war froh, dass sie sich für ihren gelben Einteiler entschieden hatte, denn sie wusste, dass ihr Körper niemals mit seinem mithalten konnte. Oder mit dem des tauchenden, mit einem String-Bikini bekleideten Mädchens, das ihn an jenem ersten Tag in die Bucht geschubst hatte.

Sie zwang sich, seinem funkelnden Blick zu begegnen. „Ich bin bereit."

„Ja, das bist du." Er blickte ihr in die Augen. „Du kannst doch schwimmen, oder?"

„Ich kann schwimmen, obwohl das schon eine Weile her ist. Und noch nie im Meer." Natürlich wusste er, dass sie nervös vor sich hin faselte.

„Ich bin froh, dass du schwimmen kannst. Ich bringe dir heute das Schnorcheln bei und das wird dir helfen, dich auf den Tauchunterricht vorzubereiten."

„Schnorcheln hört sich toll an… aber vielleicht kann das Tauchen später kommen.“

„Wir würden in einem Pool anfangen, bevor wir dich zu einem richtigen Tauchgang mitnehmen. Aber wir könnten dich in ein paar Wochen soweit haben.“

„Oh, das wäre aber schnell.“

„Ja, es dauert weniger lange, wenn man sich mit einem Lehrer auf das Tauchen vorbereitet.“

Sie bekämpfte die Panik, die aufzukommen drohte. „Wirklich, das hat keine Eile. Aber das Schnorcheln ist etwas, das ich zur Wunschliste hinzufüge. Und du weißt hoffentlich, dass es nicht meine Absicht war, dass du meine ganze Liste mit mir abarbeitest.“

„Hey, es ist toll. Es macht mir Spaß, dir zu helfen“, sagte er und tauchte dann mit einem perfekt ausgeführten Köpfer über die Bootskante ins Wasser.

Sie keuchte und stürzte sich zur Seite des Bootes. Glücklicherweise war er von der anderen Seite des Bootes abgesprungen, wo das Wasser noch etwas tiefer war.

Er tauchte fast augenblicklich auf und das Wasser

spritzte, als er den Kopf schüttelte und sie angrinste. „Komm rein. Das Wasser ist perfekt. Wenn du nicht reinspringen willst, dann komm nach hinten zum Heck des Bootes und tritt auf die Plattform."

Sie konnte sich einen Moment lang nicht bewegen, als er nach hinten schwamm und auf sie wartete. Es war, als wüsste er, wohin sie gehen würde. Und es gab absolut keine Chance, dass sie nach seiner perfekten Vorstellung springen wollte. Zitternd und angespannt trat sie vorsichtig über die Kante auf die kleine Plattform neben dem Motor. Er grinste sie an und streckte ihr seine Hand aus und sie dachte sehr ernsthaft darüber nach, sich zu kneifen, um sicher zu gehen, dass sie diesen ganzen Ausflug nicht nur träumte. Vielleicht war sie Alice im Wunderland und sie war in einen Kaninchenbau gefallen.

Sie wollte es tun. Die Nerven waren ganz angespannt, als sie ihre Hand in seine gleiten ließ, tief einatmete und dann mit den Füßen voran zu ihm ins Wasser sprang. Nicht graziös, aber es müsste reichen.

Sie tauchte unter Wasser und fühlte dann das Ziehen seiner Finger, als ihre Zehen Sand berührten und sie stieß sich ab, um lächelnd aus dem Wasser aufzutauchen. Sie war so lange nicht geschwommen, aber zum Glück kam die Erinnerung zurück, als sie ihre Beine bewegte, um ihren Kopf über Wasser zu halten. Nicht, dass sie sich Sorgen machen müsste. Der Mann lächelte unentwegt, als er ihre Finger griff und sie mit sich zog, während er zum Strand schwamm.

Einen Moment später hörte er auf zu schwimmen und stand. „Wir können hier den Grund berühren. Entspann dich."

Ihre Füße sanken in den Sand, genau in dem Augenblick, als ein Delfin wie ein Torpedo vorbeischoss. Sie schrie, weil sie nicht damit gerechnet hatte und bewegte sich auf Jake zu.

Er lachte und zog sie zu sich heran, dann schlang er die Arme schützend um sie. „Es ist okay. Das ist nur ein Tümmler."

Sie lachte zitternd. „Ich dachte, es wäre ein Hai", keuchte sie. Ihr Herz raste, als sie zu ihm aufblickte.

Er grinste. „Nein, es nur ein verspielter Tümmler."

„Richtig. Ich habe ihn nur nicht erwartet und er

hat mich erschreckt.“

Sein Grinsen wurde breiter. „Ich beklage mich nicht. Du kannst dich jederzeit in meine Arme werfen.“

Erst dann bemerkte sie, dass sie sich wie eine zweite Haut an den Mann schmiegte. Sein Herz pochte gegen ihres und seine Lippen waren so nahe. „Oh…“ Ihre Stimme verlor sich als sie von dem plötzlichen, überwältigenden Drang erfüllt wurde, ihn zu küssen. *Was würde er denken, wenn sie sich ständig so an ihn warf?*

„Überhaupt kein Problem,“ murmelte er. Sein Blick senkte sich zu ihren Lippen. Seine Augenbrauen zogen sich leicht zusammen, dann stellte er sie auf ihre Füße. „Bist du bereit, diesen Nachmittag auf deinem höchstpersönlichen Stück des Paradieses zu wandeln?“

Hatte er genauso darüber nachgedacht, sie zu küssen, wie sie darüber nachgedacht hatte, ihn zu küssen?

„Ja,“ platzte es aus ihr heraus und sie brauchte etwas Raum, da sie von dem, was gerade passiert war, verwirrt war. Sie bewegte sich auf den weißen Sandstrand zu. Sie brauchte festen Boden unter ihren Füßen und zwar jetzt sofort.

Denn im Moment fühlte sie sich, als ob sie am Rand eines Schwimmbeckens ins Taumeln geriet, als sie versuchte, das Geschehene zu verarbeiten.

KAPITEL FÜNF

„Ich kann immer noch nicht glauben, dass du noch nie am Strand warst." Jake sah zu, wie Sammy Jo ihre Taucherbrille vom Gesicht zog, während der Schnorchel am Riemen baumelte. Sie war fast sofort zum Schnorcheln übergegangen. Eigentlich hatte er gedacht, dass sie schüchtern sein und vielleicht sogar Angst haben würde. Aber nein, sie hatte seinen Anweisungen aufmerksam zugehört, dann ihre Maske aufgesetzt, das Mundstück in den Mund geschoben und ihr Gesicht ins Wasser getaucht. Anschließend schaute sie zu ihm auf, mit nassen Haaren, aus denen das Wasser tropfte und lachte ausgelassen. Die Frau lachte mehr als jeder andere Mensch, den er kannte.

„Das gefällt mir. Es wird toll", sagte sie, nachdem sie das Mundstück aus dem Mund gezogen hatte. „Und dass der Tümmler sogar *zweimal* auf uns zukam, macht mich sprachlos. Das war ohne Zweifel großartig."

„Sie wissen, wann eine hübsche Frau in der Nähe ist." Dabei wurde er rot. „Wir müssen bald zurückfahren."

„Okay." Sie kam aus dem Wasser und sank auf den Sand. Er folgte ihr. „Ich komme nicht darüber hinweg, wie lebhaft alle Farben sind. Die gelben Fische sind grell wie Neon-Zitronen und die orangenen und lilafarbenen - es war einfach unglaublich."

„Warte, bis du tauchst. Dann bist du noch näher an ihnen dran. Es ist eine ganz andere Welt da unten."

Sie wirkte plötzlich nervös. „Ja, nun, das hat keine Eile. Der heutige Tag war ganz wunderbar. Vielen Dank."

„Gern geschehen." Er grinste, aufgeregt bei dem Gedanken daran, mit ihr tauchen zu gehen. „Ich dachte, heute wäre ein guter Tag, um die

Vorbereitungen zu treffen.“

Vorbereitungen. Er hatte mehr aus dem Weg geräumt, als ihm klar war. Er hatte dem Verlangen widerstehen müssen, die Meerjungfrau zu küssen, die ihn anlächelte. Er wollte mehr über sie erfahren. Zunächst einmal: Wenn sie sich so schnell auf dieses Abenteuer eingelassen hat, warum hatte sie es noch nie getan? Ja, sie hatte gesagt, sie hätte sich um ihre Großeltern gekümmert und dann hatte sie ihre Arbeit. Er hatte aber das Gefühl, dass mehr dahinter steckte, als sie sagen wollte und jetzt war er sich noch sicherer.

„Warum hast du so etwas nicht schon früher getan?“

„Mein Zuhause in Texas war vier Stunden vom nächsten Strand entfernt. Was bedeutete, dass ich den ganzen Tag weggewesen wäre, wenn ich dort hingehen und vor Einbruch der Dunkelheit wieder im Haus sein wollte. Und ich konnte nicht den ganzen Tag weg sein.“

Er verstand es nicht. „Aber warum warst so an Zuhause gebunden?“

Sie blickte sehnsüchtig auf ihren Schnorchel und

dann wieder zu ihm zurück. „Weil meine Großmutter mich brauchte, um ihr bei der Pflege von Großvater zu helfen. Später musste ich mich dann um beide kümmern. Mein Großvater war ein Kriegsheld und er kam als Invalide nach Hause. Er hatte beide Beine im Krieg verloren und litt außerdem an schrecklichen Schwindelanfällen und PTBS. Sie brauchten mich."

„Wow, tut mir leid." Jake hatte Mitgefühl mit dem alten Mann. „Das ist ein harter Schlag." Er sprach nicht viel über seine Zeit als SEAL, aber er war einer der Glücklichen gewesen, die ein paar Mal nur knapp entkommen waren, genau wie seine Brüder Max und Trent. Sie alle hatten es aus brenzligen Situationen herausgeschafft. Er war jeden Tag dankbar dafür.

„Mein Großvater diente stolz seinem Land und sprach nicht viel darüber. Aber er konnte nicht damit umgehen, wenn andere um ihn herum waren. Meine Großeltern haben mich die meiste Zeit meines Lebens großgezogen. Ich weiß nicht, was mit mir passiert wäre, wenn sie mich nicht aufgenommen hätten."

„Warum mussten sie das tun? Außer natürlich, weil sie dich geliebt haben."

„Ich habe meinen Vater nie kennengelernt. Es gibt nicht einmal einen Namen auf meiner Geburtsurkunde. Normalerweise spreche ich nicht darüber." Sie runzelte die Stirn. „Es ist eine ziemlich persönliche Angelegenheit."

„Es ist nicht deine Schuld, dass der Mann nicht da war." Er wollte, dass sie sich beruhigt fühlte. Und er war froh, dass sie sich ihm anvertraut hatte.

Ihre Augen blickten in seine und er sah, wie ihr Blick weich wurde. „Richtig. Vielleicht wusste er nicht einmal, dass er ein Baby gezeugt hatte. Wie auch immer, meine Mutter war drogensüchtig und… sie und die Gerichte nahmen mich ihr weg, um mich zu retten. Sie starb kurz danach an einer Überdosis."

Damit hatte er nicht gerechnet. Sie blickten einander lange an. „Das ist hart. Ich bin froh, dass du sie hattest. Die Welt wäre viel schlimmer, wenn nicht all die guten Großeltern da draußen ihren Enkeln helfen würden."

„Ich weiß. Es war ein Segen, sie zu haben. Und ich bin so dankbar, dass ich ihnen helfen konnte, als sie mich brauchten. Sie haben mir die Welt bedeutet.

Oma hat mir schon früh das Nähen beigebracht und deswegen habe ich so viel Freude an meinem eigenen Geschäft."

„Das ist cool. Wie hat das alles angefangen?" Er war neugierig auf sie und wollte so viel wie möglich über sie erfahren.

„Als ich in der High School war, begann ich, meine eigenen Kleider zu nähen. Bald fragten die Leute mich, wo ich meine Outfits herbekam und so begann ich, auch für Freunde Kleidungsstücke zu fertigen. Dann gestaltete ich eine Website und Oma kam auf den Namen. Wir schmiedeten Pläne, träumten und hatten wirklich viel Spaß miteinander. Und dann hatte sie den Schlaganfall. Es war ein schlimmer Schlaganfall und sie war danach gelähmt. Ich hatte großes Glück, dass sie überhaupt noch lebte." Ihre Stimme wurde zittrig vor Emotionen.

Jake legte eine Hand auf ihre. „Es tut mir so leid."

Sie schenkte ihm ein bittersüßes Lächeln. „Jedenfalls hatte ich keine Zeit, Abenteuer zu erleben, denn ich musste mich plötzlich um beide kümmern, wie du siehst. Obwohl ich ein paar Tage in der Woche eine Hilfe hatte, die bei Omas Reha unterstützte."

„Das war gut." Er konnte sich nicht vorstellen, keine Freizeit zu haben. Aber er wusste, dass sie es für keine große Sache hielt. Sie hatte ein großes Herz, das war offensichtlich.

„Als Oma merkte, dass es ihr wahrscheinlich nicht mehr besser gehen würde, kam sie auf die Idee mit der Wunschliste. Sie fand es schlimm, dass ich so wenig Zeit für mich hatte und wollte, dass ich mich darauf freute, was ich eines Tages tun würde. Zuerst war ich nicht scharf darauf. Aber sie mochte es, das Wunschlisten-Spiel zu spielen und sie erholte sich soweit, dass sie wieder sprechen und ich sie verstehen konnte. Als sie nach Großvaters Tod einen weiteren Schlaganfall hatte, musste ich ihr versprechen, dass ich nach Windswept Bay ziehen würde. Hier traf sie meinen Großvater. Also vereinbarten wir, dass ich hierher ziehen würde. Und dass ich anfangen würde, unsere „Wunschliste" zu erfüllen.

„*Unsere* Wunschliste?"

Sie lächelte. „Ja, meine Liste ist sehr persönlich, wie du dir vorstellen kannst. Und ich werde vielleicht nicht alles darauf erfüllen, aber alles, was ich erledige, wird für Oma sein." Ihre Worte klangen sehr emotional.

Ihm wurde klar, dass sie noch trauerte. „Das ist auf eine tragische Weise eine wunderbare Geschichte. Deine Großmutter hat dich sehr umsorgt und es klingt, als hätte dein Großvater das auch getan. Dein Verlust tut mir so sehr leid."

„Danke. Sie waren für mich da, als ich sie brauchte. Also beruhte es auf Gegenseitigkeit. Ich habe sie sehr gern gehabt."

„Wie lange ist es her, dass du sie verloren hast?"

„Mein Großvater ist vor fast einem Jahr gestorben und ich habe Oma vor vier Monaten verloren."

„Noch gar nicht lange her."

„Nein, aber ich habe nicht gezögert, unseren Plan umzusetzen. Ich hatte Angst, wenn ich es nicht tue, könnte ich einen Rückzieher machen. Meine Freundin Roxie hat mich ebenfalls dazu gedrängt. Es war ein Versprechen, das sie meiner Oma gegeben hatte. Also bin ich hier. Entschlossen, meinen Horizont zu erweitern."

„Ich möchte dir bei so vielen Dingen helfen, wie du brauchst oder willst. Wenn du mich lässt." Er hatte vielleicht nicht alle Freizeit der Welt, aber er würde es möglich machen. Er wollte Sammy Jo helfen. Das wollte er mehr als alles andere in seinem Leben. Wenn jemand Hilfe verdiente, dann war sie es.

„Okay, das würde mir gefallen. Wenn du Zeit hast."

„Ich habe Zeit. Wir steigen jetzt besser ins Boot und fahren nach Hause. Nächste Woche fangen wir mit dem Tauchunterricht an."

„Oh, wirklich, das hat keine Eile."

Er zog sie auf die Beine und in seine Arme. Er umarmte sie schnell und gab ihr einen sanften Kuss auf den Kopf. „Es wird Spaß machen. Wir werden deine Oma stolz machen."

Sie kicherte. „Sie hätte dich wahnsinnig toll gefunden."

„Das klingt nach einem sehr hohen Lob. Danke."

„Das ist es. Sie würde dir auch Glück wünschen."

Er kicherte. „Werde ich nicht brauchen. Du wirst es lieben." Als sie zum Boot zurückkehrten beschlich ihn das Gefühl, dass sich gerade etwas Bedeutsames in seiner Welt verschoben hatte und das hatte mit Sammy Jo zu tun.

Sammy Jo eröffnete ihren Laden am Ende der Woche. Sie war zufrieden mit dem Aussehen des Ladens, mit den Accessoires und ihren Designs; und sie war zuversichtlich, dass es den Kunden ebenfalls sehr gefallen würde. Sie dachte jeden Tag an Jake, seit er sie mit seinem Boot rausgefahren hatte. Sie kannte ihn kaum und doch hatte sie das Gefühl, ihn schon immer zu kennen. *Wie kam das?*

Ihre Oma hatte gesagt, dass irgendetwas an ihrem Großvater nach ihr rief, als sie ihn zum ersten Mal am Strand des Windswept Bay Resorts sah. Sie gehörte nicht zu denen, die an Liebe auf den ersten Blick glaubten, weshalb sie zunächst nicht viel darauf gab. Aber als sie sich nicht davon abhalten konnte, jeden Moment mit Opa zu verbringen, änderte sich ihre Einstellung. Von diesem Moment der Erkenntnis bis zum Tag seines Todes war er die Liebe ihres Lebens.

Sammy Jo konnte nicht aufhören daran zu denken, als sie nachts auf ihrem kleinen Balkon saß und an Projekten arbeitete und ihr neues Leben genoss... zugleich sehnte sie sich nach ihren Großeltern. Doch ihre Gedanken kehrten immer zu Jake zurück. Und das geschah von dem Moment an, als sie ihn zum ersten Mal traf. Oder als sie ihn zum ersten Mal sah, wie er über das Geländer sprang und zu ihrer Rettung eilte. Aber glaubte *sie* denn an die Liebe auf den ersten Blick? Dazu war sie noch nicht bereit. Sie wusste, dass sie ihn mochte. Daher glaubte sie an ein *wie* auf den ersten Blick. Sie kannte ihn nicht wirklich... oder tat sie es? Die Stimme in ihrem Kopf protestierte. Sie wusste, dass er freundlich, mitfühlend und ein starker Held war. Er brachte sie zum Lachen und er war bemüht, ihr auf jede erdenkliche Art zu helfen.

Was gab es da nicht zu mögen? Irgendetwas an ihm sprach zu ihr, das war nicht zu bestreiten. Jetzt gerade sehnte sie sich danach, zu sehen, wie er aus seinem Boot stieg, ihr zuwinkte und sie mit seinem breiten Grinsen anlächelte.

Am Dienstagabend nahm Jake sie mit in ein

Schwimmbecken, wie sie es nach dem Schnorchel-Abenteuer vereinbart hatten. Sie war deswegen sehr nervös, wollte es ihm gegenüber aber nicht zugeben. Er wollte ihr wirklich helfen. Er brachte ihr bei, wie man die Maske und die Sauerstoffflaschen trägt. Obwohl sich ihre Brust anfühlte, als würde sie explodieren und als sie sich tatsächlich im Schwimmbecken unter der Wasseroberfläche hinhockte, schaffte sie es, ihre Panik zu kontrollieren und nicht völlig auszuflippen.

Sie würde das hier durchziehen. Das würde sie. Es könnte nur eventuell nicht so einfach sein, wie Jake sich das vorstellte.

Als er sie nach der Stunde zu ihrer Wohnung zurückfuhr, brachte er sie zu ihrer Tür.

„Ich habe mich gefragt, ob du vielleicht ausgehen möchtest?", fragte er. „Zum Essen, bei einem Date?"

Ein *Date*. Sie hatte seine Gesellschaft genossen, aber das überraschte sie völlig. Wahrscheinlich, weil sie einfach nicht glauben konnte, dass er tatsächlich auf diese Weise an ihr interessiert war, egal wie sie manchmal dachte, dass er sie ansah. Sie waren so verschieden. Sie lebte schließlich eine Art Lüge. Sie spielte es nur, abenteuerlustig zu werden. Sie war es nicht wirklich und sicher verstand er das.

Sie war schlicht und einfach eine Betrügerin, und sie musste sich selbst daran erinnern, um nicht den Boden der Tatsachen unter den Füßen zu verlieren. Dieser erstaunlich fähige, gut aussehende, unglaubliche Kerl konnte nicht wirklich daran interessiert sein, mit ihr auszugehen. „Ein Date? Mit mir?"

„Natürlich, mit dir." Jetzt schien er verwirrt. „Wen sollte ich sonst fragen?"

Ihre Wangen wurden heiß. „Ich weiß nicht. Du hast mich einfach überrumpelt. Sicher, das wäre toll." Ihr Puls raste und Panik kündigte sich an. Wenn er erst mal merkte, dass sie nicht abenteuerlustig genug war, um mit ihm Schritt zu halten, würde er weiterziehen. Was würde dann aus ihrer Freundschaft werden? Es war ein Risiko auf so vielen Ebenen, das damit begann, verletzt zu werden, wenn er erkannte, dass sie nur eine gewöhnliche Frau war, die wirklich nichts mit ihm gemein hatte. Der Mann konnte jede Frau haben, die er wollte. Wahrscheinlich lagen ihm die Frauen zu seinen Füßen. *Was sah er in ihr?*

Es war eine Sache, von einem Mann wie Jake zu träumen, aber eine völlig andere, tatsächlich daran zu glauben, dass es passieren könnte. Es war gefährlich und riskant.

„Hast du heute Abend Zeit? Ich weiß, es ist kurzfristig, aber ich habe gerade erfahren, dass heute Abend eine tolle Band im Paradise Grill spielt. Ich dachte, es würde Spaß machen und eine Möglichkeit sein, dich in der Gemeinde willkommen zu heißen, jetzt wo du dich nach einer Woche harter Arbeit deinerseits eingelebt hast. Der Laden gehört meinem Freund Bert. Er liegt am Strand, hat tolles Essen und Unterhaltung. Und heute Nacht wird es einen wunderschönen Vollmond geben."

Ihr Herz stockte für einen Augenblick. „Könnten

wir am Strand spazieren gehen?" Sie lächelte, weil sie sich darauf gefreut hatte, sich diesen ganz besonderen Punkt auf der Wunschliste zu erfüllen. Sie wusste, dass ein Kuss wohl zu viel erwartet wäre, aber ein Mädel konnte schließlich hoffen.

„Du liest meine Gedanken. Ich dachte, wir könnten einen weiteren Punkt auf deiner Wunschliste abhaken."

„Ich kann in einer Stunde fertig sein. Ist das in Ordnung?" Sie wollte das hier. Sollte er wie durch ein Wunder einen schnellen Kuss einschmuggeln, könnte sie wahrscheinlich sterben und in den Himmel kommen. Es war völlig verrückt. Aber sie fühlte sich plötzlich sehr leichtsinnig. Und das war sowas von untypisch für sie. *Könnte es sein, dass seine abenteuerlustige Art tatsächlich auf sie abfärbte?*

„Perfekt. Ich räume auf und komme dann wieder." Und damit drehte er sich um und verschwand.

Und Sammy Jo schmolz direkt in den Stuhl neben der Tür.

Ihre Eingeweide verhedderten sich zu einem

Knoten. *Sie würde mit Jake an einem Strand spazieren gehen, in einer Nacht im Mondschein.* Und wenn Gott auf sie herab lächelte, könnte sie vielleicht den Kuss eines Mannes an einem Strand im Mondschein abhaken. Besser gesagt, den Kuss von Jake. *Weil ihr plötzlich klar wurde, dass sich kein anderer Mann besser dazu eignen würde.*

KAPITEL SECHS

Im Paradise Grill war viel los, als Jake die Tür aufhielt und Sammy Jo hineintreten ließ. Sie sah heute Abend in einer ihrer zartrosa Kreationen wunderschön aus. Er gab der Hostess seinen Namen, da er für das Außendeck reserviert hatte. Als sie der Hostess zu ihrem Sitzplatz folgten, hielt er an der Bar an, wo Bert mit Kunden zu Besuch war.

Als Bert ihn sah, entschuldigte er sich und kam herüber. „Jake, was geht ab, Mann?"

„Ich kam nur raus, um gutes Essen und Unterhaltung zu bekommen. Das ist Sammy Jo. Sie ist neu in der Stadt."

„Schön, dich kennenzulernen. Aber willst du mit diesem Typen ausgehen?", grinste Bert. „Vielleicht solltest du dir das etwas genauer überlegen. Es gibt viele gute Jungs in dieser Stadt, aber bei dem Kerl hier ich bin mir nicht so sicher."

„Vielen Dank. Mit Freunden wie dir brauche ich keine Feinde", grinste Jake.

„Ich denke, mir geht's ganz gut," lachte Sammy Jo. „Aber danke für den Ratschlag. Ich werde Jake im Auge behalten."

„Ach, ich ziehe ihn nur ein wenig auf. Jake ist ein guter Kerl."

„Endlich. Danke für die Unterstützung." Jake legte eine Hand auf Sammy Jos Rücken und schob sie sanft, damit sie der Hostess folgte. „Bis später", sagte er zu Bert, der grinste und den Daumen hochhielt.

Sie saßen gerade an ihrem Tisch, als seine Schwester Cali und ihr Mann Grant dazu kamen. Seine Schwester hatte einen Schimmer in den Augen, der ihm sagte, dass sie sehr glücklich war, ihn zu sehen.

„Hi, ich bin Cali Ellington, Jakes ältere Schwester

und das ist mein Mann Grant. Du musst Sammy Jo sein." Sie streckte Sammy Jo ihre Hand hin.

„Das bin ich, aber wie hast du das erraten?"

Cali lächelte von Sammy Jo zu Jake. „Er hat mir von deiner Boutique erzählt. Und er sagte sogar, dass deine Kleidung wirklich hübsch ist. Weißt du, wie sehr mich das neugierig gemacht hat? Wenn Jake Sinclair, der Macho-Mann persönlich, sagt, dass Kleidung hübsch aussieht, dann ist das ein sehr großes Kompliment."

Sammy Jo errötete, passend zur Farbe ihres blassrosa Kleides. „Danke schön." Sie sah Jake an.

„Ich sage lediglich die Wahrheit. Sie trägt gerade eines ihrer Kleider", sagte er und sah Cali an.

„Und es ist wunderschön." Cali betrachtete das Kleid anerkennend. „Würde es dir etwas ausmachen, ein paar Kleidungsstücke im Souvenirladen des Windswept Bay Resorts auszustellen? Wir sind immer auf der Suche nach besonderen Dingen und würden dir gerne etwas Werbung ermöglichen."

Sammy Jo sah geschockt aus. „Du würdest das tun? Das wäre großartig. Ich habe über das Resort gelesen, bevor ich hierher gezogen bin. Meine Großmutter hatte es mir ausführlich beschrieben, weil sie meinen Großvater dort kennengelernt hat. Später kamen sie zurück und verlobten sich dort. Es ist schon lange her, aber ich wollte es besuchen, um zu sehen, wo ihre Liebesgeschichte begann. Ich hatte nur noch nicht die Gelegenheit dazu."

„Das ist eine wunderbare Geschichte", sagte Cali. „Unsere Großeltern gründeten das Resort und dann übernahmen unsere Eltern es. Erst in den letzten anderthalb Jahren haben meine Schwestern und ich es übernommen. Wir haben es renoviert, haben aber das ursprüngliche Aussehen im Wesentlichen beibehalten. Also wird es hoffentlich dem ähneln, was deine Großmutter dir beschrieben hat. Also, lasst uns mal irgendwann zusammen essen gehen, nicht nur geschäftlich, sondern als Freunde. Wir würden dich gern in der Gegend willkommen heißen. Es ist ein wunderbarer Ort und wir freuen uns, dich als neue Nachbarin zu haben."

Sammy Jo war gerührt. „Das wäre sehr schön." Das war der Grund, warum sie ein Ladengeschäft wollte: wegen der Gesellschaft, die sie in einer Gemeinschaft finden könnte. Sie war schon genug isoliert gewesen und ein Online-Geschäft war, zumindest für sie, ein einsames Unterfangen.

„Schäm dich, Jake. Du hättest sie zum Essen ins Resort bringen sollen."

Er lachte. „Du weißt so gut wie ich, dass die ganze Stadt wüsste, dass ich Sammy Jo ausgeführt habe, wenn ich ins Resort gekommen wäre."

Grant lachte trocken. „Glaubst du, deine Schwestern hätten es nicht sowieso erfahren?"

„Ein Mann kann nur hoffen."

„Und deine Schwestern auch. Ich rufe dich morgen an, Sammy Jo. Oder noch besser, wenn ich kann, komme ich vorbei. Genießt den Abend, ihr zwei."

Nachdem sie weggegangen waren, lehnte sich Jake mit einem Seufzer in seinem Stuhl zurück. „Du hast wohl herausgefunden, dass ich ein paar neugierige Schwestern habe. Und ja, ich versuche, ein wenig Privatsphäre zu haben, aber es ist nicht einfach mit vier Schwestern. Cali ist die Älteste und dann habe ich noch Jillian, Shar und Olivia. Sie sind Drillinge.“

„Wow, Drillinge. Ich glaube, es wäre wunderbar, Geschwister zu haben.“

„Vergiss nicht, dass ich auch vier Brüder habe. Ich könnte leicht ein paar mit dir teilen.“

Er hatte Humor. „Deine Eltern hätten wahrscheinlich was dagegen, wenn du das machst.“

„Wenn Mom und Dad der Meinung wären, sie könnten auf diese Weise etwas Ernstes über mein Liebesleben herausfinden, wären sie dafür. Im Moment bin ich der letzte Verweigerer.“

„Ich kann kaum als dein Liebesleben gelten. Das ist unser erstes Date und es hilft mir dabei, meine Wunschliste abzuhaken. Ich nehme an, das bedeutet, dass sie dich unter Druck setzen?“

Er sah sie einen langen Moment an und überlegte, ob er auf ihren Kommentar zu seinem Liebesleben eingehen oder es erst einmal dabei belassen sollte. „Sie würden es nicht so sagen, aber ich fühle den Druck. Ich werde mich binden, wenn ich bereit bin. Das hat keine Eile. Das ist unser erstes richtiges Date und ich bin bisher nicht enttäuscht davon. Und du?" Er hatte mehr gesagt, als er geplant hatte, aber die gleiche Antwort, die er sonst immer gab, fühlte sich bei ihr einfach nicht richtig an. Mit Sammy Jo fühlte er etwas Neues und anderes. Schon die kleinste Berührung ihrer Hand ließ sein Adrenalin in die Höhe schnellen und er fühlte sich, als würde er auf nur einem Ski und ohne Stöcke einen Berghang hinunterfahren. Und sie hatten es noch nicht mal zum romantischen Spaziergang am Strand geschafft. Er spürte die Vorfreude und zwang sich dazu, sich beim Essen und dem Anhören der Musik im Hintergrund Zeit zu lassen.

Aber er war schon jetzt bereit, dieses Dinner zu beenden und hinauszugehen.

Das Abendessen war so schön gewesen, aber es gab eine merkliche Spannung zwischen ihnen, die Sammy Jos Inneres verknotet hatte. Als sie von der Terrasse zum Strand gingen, hielt sie inne, um zu betrachten, wie der Mond auf dem Wasser schimmerte. Sie war schon tagsüber am Strand entlang gelaufen und liebte es, den Sand unter ihren nackten Füßen zu spüren. Sie streifte ihre Sandalen ab und ließ sie an ihren Fingerspitzen baumeln, während ihre Zehen im Sand versanken.

„Ich fasse es einfach nicht, wie schön es hier ist", sagte sie, als sie zum Wasser gingen.

Sie kämpfte mit dem Wissen, dass er ihre Wunschliste gelesen hatte und peinlicherweise wusste, dass es Teil der Liste war, an einem Strand im Mondschein von einem Mann geküsst zu werden. Ihre Nerven lagen blank und sie lächelte ihn zögerlich an. „Jetzt, wo ich Sand unter meinen Füßen gespürt habe, kann ich nicht genug davon bekommen."

„Der Strand passt zu dir", sagte er über das Geräusch der Brandung hinweg. Er erwischte eine Strähne ihres Haares, die vom Wind zerzaust wurde und steckte sie hinter ihr Ohr. „Du siehst glücklich aus."

Sie konnte sich nicht bewegen. „Das bin ich. Ich meine, ich vermisse meine Großeltern manchmal wahnsinnig, aber ich bin glücklich." Sie hatte eine

Vision, in der sie ihn küsste und plötzlich wurde ihr heiß. Sie war dankbar für den Schutz der Dämmerung, denn sie war sich ziemlich sicher, dass sie soeben scharlachrot angelaufen war.

Er griff nach ihrer Hand. „Ich bin froh, dass du den Sand und den Strand magst. Du bist eine wunderschöne Frau, Sammy Jo und im Mondlicht bist du atemberaubend. Also, lass uns gehen." Er warf ihr etwas zu, dass man nur als ein teuflisches Lächeln beschreiben konnte. „Das *ist* auf der Wunschliste."

Sie hätte normalerweise gelacht, aber ihr war nur allzu bewusste, dass er gerade gesagt hat, dass sie schön sei. Die Hitze seiner Berührung ließ ihren Arm kribbeln und seine Worte brachten ihren Verstand ins Straucheln. Sie konnte sich so sehr in diesen Mann verlieben. *Reiß dich zusammen, Sammy Jo. Dir wird das Herz gebrochen werden.*

Sie gingen in freundschaftlicher Stille, lauschten dem Kommen und Gehen der Wellen und folgten dem Schein des Mondes. Sie gingen an anderen Paaren vorbei, die den Abend genossen, einige gingen spazieren und andere küssten einander.

Sie war froh, dass die Brandung so laut war, denn sie half, den Trommelschlag ihres Herzens zu übertönen.

„Du sagtest, deine Großeltern haben sich am Strand des Resorts kennengelernt."

„Ja. Meine Oma war für ein Arbeitswochenende da. Mein Großvater besuchte Freunde. Sie trafen sich auf der Suche nach Muscheln. Irgendwann küssten sie sich zum ersten Mal am Strand und verliebten sich. Als sie von hier weggingen, setzten sie die Romanze fort, kamen zurück, verlobten sich und heirateten bald darauf. Sie hatten immer einen besonderen Platz in ihren Herzen für Windswept Bay, auch wenn es ihnen später einfach nicht mehr möglich war, hierher zurückzukehren."

„Also, glaubst du, dass du hier in Windswept Bay bist, um die Träume deiner Großmutter für sie wieder aufleben zu lassen. Oder gibt es einen Teil von dir, der hier wäre, wenn es nur nach dir ginge?"

Sie dachte darüber nach. Seine Hand griff ihre fester. „Ich glaube, es ist ein bisschen von beidem. Ich versuche, meine eigene Geschichte zu beginnen. Ja, viele Punkte auf meiner Wunschliste wurden von mir und Oma als ein lustig gemeintes Projekt erstellt. Es gibt nicht wirklich viel auf dieser Liste, was wirklich riskant ist. Allerdings glaube ich, dass ich mit dieser Liste auch nach einem Neuanfang gesucht habe, wenn ich den Mut finden würde, nur einige der Dinge zu erreichen. Hier an diesen wunderschönen Stränden zu beginnen, wo die Liebesgeschichte meiner Großeltern anfing, schien mir passend. Es macht mich glücklich. Also bereue ich es nicht, hierher gekommen zu sein."

„Das freut mich. Du passt hierher. Du wirst meine Schwestern mögen und sie werden dir helfen, die Geschäftswelt kennenzulernen. Sie kennen jeden."

„Ich kann es kaum erwarten. Also, erzähl mir von deiner Familie. Alle sind verheiratet?"

„Jep. Es fing mit meinem Schwager Grant Ellington an. Er kam, um im Resort einige Wandbilder von der Unterwasserwelt zu malen und, ähnlich wie die Geschichte deiner Großeltern, verliebten er und Cali sich ineinander. Und danach schien es, als würden meine Geschwister wie Dominosteine fallen. Es war eine sehr aufregende Zeit. Aber..." Er hielt inne, drehte sich zu ihr um und zog sie sanft zu sich heran. „Im Moment verstehe ich alles ein bisschen mehr, als ich es bisher tat. Ich finde, du bist wunderbar, Sammy Jo. Und ich bin froh, dass du hier bist." Seine Augen funkelten im Mondlicht und ihre Knie schmolzen. „Da steht ein Kuss auf deiner Wunschliste, oder?"

Seine Worte ließen einen Schauer über ihren Rücken laufen. Sie erstarrte, obwohl sie kaum an etwas anderes als den Kuss auf der Liste gedacht hatte. Jetzt war es ihr so peinlich. „Ja, aber das macht nichts."

Er runzelte die Stirn. „Tut es das nicht? Bist du dir da sicher?" Er beugte seinen Kopf zu ihr.

Ihr Atem stockte. „N-nein. Es fühlt… es fühlt sich an wie Betteln."

Er neigte den Kopf zur Seite und sein Blick enthielt ein räuberisches Funkeln. „Du bettelst nicht. Und glaub mir, ich fühle mich im Moment nicht wohltätig."

Es fiel ihr schwer, ihren Atem ruhig zu halten. Ihr Puls pochte in ihren Schläfen. „Du musst nicht - „

Er umfasste ihr Gesicht. „Ja, das tue ich. Ich habe diesen Moment im Kopf, seit ich dich zum ersten Mal sah. Glaub mir, ich muss derjenige sein, der den Punkt auf deiner Wunschliste erfüllt." Und dann senkte er seinen Kopf zu ihrem.

Die Welt begann sich zu drehen und sie griff nach ihm, um sich festzuhalten. Er schlang seinen Arm um sie und hielt sie fest. Er zog sie zu sich heran, während sich seine andere Hand in ihrem Haar verfing. Ihre Schuhe fielen in den Sand, als sich ihre Finger in seine Seiten gruben und ihre Knie wurden weich.

Emotionen schlugen wie Wellen auf sie ein, als ihre Lippen sich für seine öffneten und sie wurde vom Gefühl seines Kusses mitgerissen. Jede Faser ihres Körpers brannte, als sie sich gegen ihn presste. Das war besser als alles, was sie sich vorgestellt hatte. Mehr als sie erwartet hatte. Sie wollte… sie wollte *was*?

Ihr Kopf konnte keine zusammenhängenden Gedanken fassen. Und dann verspannte sich Jake plötzlich und zog sich zurück. Er sah so benommen aus, wie sie sich fühlte. Der Mond spielte mit den harten Konturen seines Gesichts und warf Schatten über seine Augen.

Sie war sich sicher, dass sie sich den Teil mit dem Benommensein nur vorstellte. Sie selbst mochte bei diesem Kuss-Spiel zwar neu sein, aber er war es ganz sicher nicht. Nach einem Moment blinzelte er. „Nun, das haben wir von deiner Liste gestrichen.“

Die Liste. Richtig. „Ja“, sagte sie, immer noch atemlos und versuchte, wieder etwas Haltung zu gewinnen. „Ich glaube, das haben wir, oder du. Mit so einem Kuss könntest du ins Geschäft mit Wunschlisten einsteigen.“ *Lahm, aber das war alles, was ihr einfiel. Sie konnte nicht sagen, was sie wirklich dachte, denn es war wow, einfach wow.*

Seine Augenbrauen zogen sich zusammen und sein Gesichtsausdruck wurde ernst. „Das war ein schöner Kuss. Vielleicht sollten wir lieber zurückgehen.“

Er hob ihre Sandalen auf und reichte sie ihr, dann nahm er ihre andere Hand und sie gingen zurück. *Es war ein schöner Kuss gewesen, aber das war alles, was er zu sagen hatte?* Sie war verwirrt. Sie gingen schweigend zurück, der Zauber war gebrochen. *Hatte er Zweifel, weil er sie geküsst hat?*

Sie sagte sich, sie solle nicht überreagieren. Es war nicht so, als hätte er ihr gesagt, dass er am Strand herumlaufen und sie küssen und sich in sie verlieben würde. Nein, er hatte nur gesagt, dass er ihr helfen würde, ihre Wunschliste zu erfüllen, oder zumindest einen Teil davon und das war ein Spaziergang im Mondschein und der Kuss war ein Teil davon gewesen.

Der Teil mit dem Verlieben stand auch auf ihrer Liste. Aber sie konnte nicht einfach mit den Fingern schnippen und schon würde es passieren. Das war unrealistisch, also was war ihr Problem?

Er war nicht der Typ, der sich verliebt. Er war nicht der Typ, der heiratet. Zumindest nicht im Moment. Und sie sollte sich das stets vor Augen halten, oder sie könnte verletzt werden.

KAPITEL SIEBEN

Jake ging am nächsten Morgen joggen. Nachdem er und Sammy Jo einander Gute Nacht sagten. Nach dem Kuss, der ihn von den Füßen haute.

Nachdem er sie an ihrer Tür abgesetzt hatte, war er wie ein Welpe mit eingezogenem Schwanz die Treppe hinuntergerannt. *Was hatte er sich dabei gedacht?* Seit dem ersten Tag, an dem er sie an der Tür ihres Ladens gesehen hatte, war es, als ob er träumte. Angetrieben von etwas, von dem er noch nie angetrieben wurde. Und er wollte der Mann sein, der sie am Strand küsste.

Dann hatte er sie geküsst und seine Welt war aus den Fugen geraten. Plötzlich schien er wie auf einer glitschigen Rutsche rückwärts in eine andere Dimension zu schlittern. War er bereit für die Gefühle, die ihn übermannt hatten, als er Sammy Jo geküsst hatte?

Die Frage hallte mit jedem Tritt seiner Laufschuhe auf den Bürgersteig entlang der Küstenstraße, wo er sich mit seinem Bruder Trent zum wöchentlichen Samstagmorgen-Jogging treffen würde.

Er konnte keinen klaren Gedanken fassen. Ein Kuss war ein Kuss, so war es schon immer gewesen. Bis gestern Abend. Er wollte Sammy Jo im Mondlicht küssen, wegen ihrer Wunschliste. Er hatte nur nicht über die Auswirkungen nachgedacht. Er war nicht in der Lage gewesen, den Gedanken zu ertragen, dass Sammy Jo jemand anderen küssen würde. Er wollte diesen Punkt der Liste ganz für sich allein haben.

Er hatte nie zuvor etwas Vergleichbares gefühlt, als seine Lippen ihre berührten. Es war, als wäre etwas in ihm lebendig geworden, als hätte sie sich mit ihm verschlungen und ihn ausgefüllt. Sie hatte ihn bis ins

Innerste erschüttert und er wusste nicht, was er tun, oder wie er auf das, was er fühlte, reagieren sollte. Stattdessen hatte er sich zurückgezogen.

Er versuchte, es zu blockieren. Er versuchte so zu tun, als wäre nichts anders oder besonders gewesen. Er versuchte, lässig zu sein. Aber ihm war klar, dass sie wusste, dass etwas nicht stimmte. Auf der Fahrt nach Hause war sie sehr still gewesen. Auch er war schweigsam, obwohl er anfänglich einige Dinge sagte, doch letztlich verschloss er sich.

Er hatte ihr eine gute Nacht gewünscht und sie flüchtig auf die Stirn geküsst, bevor er sie verließ. Er berührte lediglich ihre Wange und eilte dann die Treppe hinunter und zurück zu seinem Wagen, zurück zu seinem Bungalow, wo er kaum geschlafen hatte. *Er war ein Idiot.*

„Hey, Jake. Warte auf mich."

Er blickte über die Schulter und sah, wie Trent aus der Seitenstraße kam, die zu seinem Haus auf dem Gipfel des Hügels führte, wo er mit seiner Frau lebte.

„Hey. Entschuldigung."

„Mann, du warst tausend Meilen weit weg." Trent

fiel neben ihm in den gleichen Laufrhythmus. „Ich sah dich kommen, bist völlig in Gedanken versunken die Straße entlang gelaufen. Was hast du auf dem Herzen, Mann? Du hast mich gar nicht wahrgenommen, sondern bist einfach weitergelaufen."

Jake fuhr sich mit der Hand durch die Haare und wurde langsamer. Er ging zum Straßenrand und blieb stehen. Er blickte auf den Ozean unter ihnen. Es war ein schöner Ort zum Joggen, aber im Moment sah er nichts davon. Er sah nur Sammy Jos Gesichtsausdruck vor seinem inneren Auge, als sie erkannte, dass er sich nach dem Kuss zurückzog.

Er holte tief Luft und warf einen Blick auf Trent. „Ich hatte gestern Abend ein Date mit jemandem."

„Ja und was ist daran neu?", fragte Trent.

Die Sache mit dem Joggen mit Trent war, dass sie normalerweise nicht viel redeten. Trent war der ruhigste von allen Brüdern und wenn sie joggten, joggten sie. Aber heute erkannte Jake, dass er Trent als Fels in der Brandung brauchte.

„Ich meine, ich hatte gestern Abend ein Date mit jemand *Besonderem*."

Trent hat gegrinst. „Du *magst* jemanden. So wie: *mögen*?"

„Hey, schau nicht so schockiert. Ich meine, ich bin kein schlechter Mensch oder so, nur weil ich noch nie jemand Besonderen gefunden habe."

„Ich finde es großartig. Jake Sinclair hat ernsthafte Gedanken, wenn es um eine Frau geht."

Jake runzelte die Stirn wegen seinem Bruder. „Was ist, wenn ich ihr wehtue? Was, wenn ich nicht bereit bin? Sie hat es nicht verdient, schlecht behandelt zu werden, weil sich plötzlich herausstellt, dass ich nicht gut mit Langzeitbeziehungen umgehen kann."

Trent blickte ihn an, als hätte er ihn noch nie zuvor in seinem Leben gesehen. Seine Augen waren weit aufgerissen. „Mann, du bist verliebt und zwar heftig."

„Es geht hier nicht um verlieben. Noch nicht. Ich bin nicht sicher, ob ich für so etwas bereit bin. Ich mache mir nur Sorgen…" Er seufzte. „Mann, ich bin so was von neben der Spur."

Trents Lippen zuckten. „Du hast Angst."

„Ich bin zu Tode erschrocken." Während des

Kusses war seine ganze Welt ins Wanken geraten und er versuchte sich die ganze Nacht zu sagen, dass es nur ein Kuss gewesen war.

„Es klingt ganz so, als ob dir das Mädel etwas bedeutet. Entspann dich und lass dir Zeit. Ich muss sie kennenlernen, denn wenn sie dich so durcheinander bringt, muss sie wirklich etwas Besonderes sein. Mach langsam, lerne sie kennen und genieße es. Du reagierst über. Lilly zu lieben, ist für mich das Beste, was mir je passieren konnte. Mich auf unser gemeinsames Leben zu freuen gibt mir Frieden. Überstürze nichts, aber hab keine Angst, wenn sie dir tatsächlich etwas bedeutet.“

Er ließ Trents ruhige Worte auf sich wirken. Vielleicht reagierte er *tatsächlich* über. Es war ja nicht so, als würde er ihr nach einem einzigen Kuss plötzlich seine unsterbliche Liebe gestehen. Sie hat das nicht erwartet und er wusste es.

„Okay, danke, dass du mich von diesem Abgrund weggezogen hast.“

„Ich glaube, du hast mich in den letzten Jahren von einigen bewahrt.“

„Dafür sind Brüder da.“

Sie blickten hinaus auf den Ozean. Dann fing Jake mit einem tiefen Atemzug wieder an zu joggen und Trent fiel neben ihm in den Schritt.

„Dir wird's gut gehen," grinste Trent.

Jake hoffte es. Er musste es nur langsam angehen. Aber langsam zu machen, war nie seine Stärke gewesen. Aber mit Sammy Jo konnte er es schaffen. Er würde es tun. Weil er ihr nicht wehtun würde.

Auf dem Weg zum Windswept Bay Resort zum Mittagessen mit Jakes Schwestern ging Sammy Jo bei der Zeitung vorbei und setzte ihre Anzeigen auf. Sie hatte ihre große Eröffnung am Montag. Dann wäre sie seit zwei Wochen in Windswept Bay und wollte unbedingt eröffnen.

Die Aufregung erfüllte sie, als sie das Resort betrat. Sie konnte ihr Glück noch immer nicht fassen, dass ihre Kreationen tatsächlich in der Boutique hier im Resort ausgestellt werden würden. Ihre Großmutter würde die Idee lieben. Sie vermisste sie wirklich. Wenn sie hier wäre, hätte sie mit ihr über das gesprochen, was am Abend zuvor zwischen ihr und Jake passiert war. Weil sie wirklich verwirrt war, wie er sich nach ihrem gemeinsamen Kuss verhalten hatte. Dieser Kuss hatte ihre Welt erschüttert. Und dann hat er sich zurückgezogen und sie ausgeschlossen.

Hatte sie etwas falsch gemacht?

Die Frage quälte sie und sie hatte nicht genug Erfahrung, um seinen offensichtlichen Rückzug zu verstehen.

Im Grunde war ihr so etwas noch nie passiert. Die Unerfahrenheit war hart und ließ sie sich verletzlich fühlen. Aber sie war entschlossen, es zu ignorieren. Schließlich war sie erwachsen und würde sich auch wie eine Erwachsene verhalten.

Und sie hatte ein Leben zu leben. Was auch immer mit Jake los war, es würde sich von selbst klären. Zumindest hoffte sie das.

Als sie in der Lobby des Resorts stand, schob sie die Sorgen beiseite und lächelte. Sie stand hier, wo einst ihre Großeltern gestanden hatten. Wo sie sich verliebt hatten. Es war wunderschön. Es war nicht riesig und spektakulär, aber luftig und einladend. Es gab wunderschöne künstliche Palmen in der Lobby und sie verliehen dem Atrium ein einzigartiges Aussehen. Die Lobby war lang und schmal, dekoriert in warmen Gold- und Grüntönen. Alles hatte eine beruhigende Wirkung auf ihre strapazierten Nerven.

In der Mitte der Lobby gab es eine hübsche Wendeltreppe, die in den ersten Stock führte. Aber das Hauptaugenmerk des Raumes war das wunderschöne Wandgemälde eines Wasserfalls von Calis Ehemann Grant. Das Grant Ellington-Wandbild war einfach beeindruckend. Die Meeresbewohner wurden lebendig und das Licht und die Schönheit des Wasserfalls waren atemberaubend. Es war, als ob sie sich darunter, direkt neben den Fischen befand, die nach oben auf das herabstürzende Wasser blickten.

„Hallo, kann ich Ihnen helfen?" fragte eine junge Frau hinter dem Tresen und brachte Sammy Jo aus ihren Träumereien zurück.

Sie lächelte. „Ja, ich bin Sammy Jo Lovely und ich bin hier, um mich mit Cali und ihren Schwestern zu treffen."

„Ich teile ihnen mit, dass Sie hier sind, Miss

Lovely. Sie können in der Lobby warten, wenn Sie möchten.“

„Danke. Ich denke, ich werde mir dieses wunderschöne Wandbild noch etwas genauer ansehen. Es ist bezaubernd.“

„Ja, das ist es. Mr. Ellington ist ein wunderbarer Künstler. Wir sind sehr froh, seine Werke hier im Resort zu haben.“

Kurze Zeit später sah sie Cali mit drei anderen hübschen Damen die Treppe hinunterkommen. Sie ähnelten sich alle, außer einer, die dunkle Haare hatte, die anderen hatten unterschiedlich blonde Haare.

Cali kam direkt zu ihr. „Sammy Jo, es ist toll, dass du hier bist. Ich habe mich wirklich gefreut, dich gestern Abend mit meinem Bruder zu sehen.“

„Ich habe mich auch gefreut, dich kennenzulernen.“

„Das sind meine Schwestern. Das ist Shar. Shar ist an der Rettung von Meeresschildkröten und der Forschung beteiligt. Und das sind Jillian und Olivia, die mit mir hier im Resort arbeiten.“

„Ich freue mich, euch alle kennenzulernen.“ Jake

hatte gesagt, Cali sei seine älteste Schwester und die anderen drei seien Drillinge. Shar sah einfach nicht aus wie Jillian und Olivia.

Jillian lächelte. „Wir sind gespannt auf die Frau, die die Aufmerksamkeit unseres Bruders erregt zu haben scheint."

Shar lächelte schelmisch. „Cali sagte, dass Jake gestern Abend sehr glücklich aussah."

Sammy Jo versuchte, nicht zu stöhnen. Wenn sie ihn am Ende ihres Dates gesehen hätten, würden sie wahrscheinlich nicht sagen, dass er glücklich aussah. „Er ist ein wirklich netter Kerl."

„Schön", sagte Shar. „Er hilft mir immer, Meeresschildkröten zu retten. Er würde dir sein letztes Hemd geben, wenn du es brauchst und selbst dann, wenn du es nicht brauchst. Er ist wirklich ein netter Kerl. Er hat nur noch nie viel von Beziehungen gehalten. Wir hoffen, dass er sich bald verliebt. Glaubst du, du könntest dich in unseren Bruder verlieben?"

Sammy Jo blinzelte ungläubig und sah die dunkelhaarige Schönheit an. „Ich, ähm, habe nicht daran gedacht, mich zu verlieben." Das war eine Lüge und sie wusste es. Sie hatte seit ihrer Ankunft in Windswept Bay oft darüber nachgedacht.

Olivia kicherte. „Lass dir von Shar keine Angst einjagen. Sie ist unsere unverblümte Schwester, die immer gleich zur Sache kommt."

Das war sie offensichtlich. Sammy Jo verzog das Gesicht. „Ich habe das irgendwie vermutet."

Shar lachte. „Hey, ich will mich ein wenig amüsieren. Komm, lass uns zum Strand-Grill gehen und über deine Boutique reden. Ich finde es so cool, dass du deine eigenen Designs entwirfst!"

„Tolle Idee", sagte Cali und ging zu den Glasschiebetüren an der Rückseite des Gebäudes.

Als sie den Hof betraten, war Sammy Jo sofort beeindruckt, wie schön der Bereich mit seinen Pflanzen und gepflasterten Pfaden gestaltet war. Sie gingen über mehrere kleine Brücken, die über eine Lagune führten. Sie schlängelte sich durch das Gelände und es schwammen sogar zwei Schwäne anmutig die Lagune entlang.

Sie erfuhr, dass Jillian für das Gelände zuständig

und offensichtlich eine Meistergärtnerin war. Olivia war für die Vermarktung zuständig und Cali war die Chefin von allem.

Cali lachte, als Olivia darauf hinwies. „Ich kann dir sagen, es ist eine gemeinsame Anstrengung. Ich stelle einfach die Schecks vom Bankkonto aus. Und ich hoffe sehr, dass ich dir ein paar Schecks ausstellen kann."

Der Gedanke begeisterte Sammy Jo.

Sie nahmen an einem Tisch auf einer Außenterrasse neben dem weißen Sandstrand mit dem glitzernden blauen Wasser und dem dazu passenden Himmel Platz. Sammy Jo fühlte sich sofort entspannt. Es war so schön hier und sie wurde plötzlich von der Erkenntnis getroffen, dass sie hier lebte. Dies war nun tatsächlich ihr Zuhause, dieses Paradies, das die meisten Menschen nur für ein paar Tage im Urlaub besuchten.

Sie hatte das Risiko auf sich genommen und war hierher gezogen. Und sie war nun dabei, hier Freunde zu finden und Wurzeln zu schlagen.

Ein Knoten bildete sich in ihrer Brust und steckte

in ihrer Kehle fest, als sie daran dachte, wie klein ihre Welt noch vor wenigen Monaten gewesen war. Sie war zu Hause bei ihren Großeltern gewesen, ging zum Lebensmittelgeschäft etwa drei Meilen von ihrem Zuhause entfernt – alles, was sie brauchte, war im Umkreis von fünf Meilen und wenn nicht, war sie groß im Online-Shopping gewesen. Ihre Welt war sehr klein gewesen, aber jetzt änderten sich die Dinge. Sie fühlte einen Stich von Schuldgefühlen, aber sie wehrte es ab, weil sie wusste, dass ihre Oma das für sie wollte und sie alles für ihre Großeltern getan hatte, als diese sie brauchten.

Sie atmete tief ein und nahm die Speisekarte, während sich alle unterhielten.

„Der Hühnersalat-Wrap ist unglaublich", sagte Jillian.

„Und ich liebe den Fajita-Wrap." Shar zwinkerte. „Er hat mehr Schärfe."

Olivia fügte hinzu: „Lass dich nicht unter Druck setzen. Der mediterrane Salat ist himmlisch."

„Alles auf der Speisekarte ist fantastisch", sagte Cali. „Der Chefkoch ist ausgezeichnet. Er ist seit

Jahren bei uns."

Sogar ihr Ernährungshorizont hatte sich erweitert. Sammy Jo konnte plötzlich nicht aufhören zu grinsen.

Schließlich bestellte sie das Tagesgericht, das aus Hühnchen mit einem umwerfend guten Parmesanbelag und einem Erdbeer-Spinat-Salat bestand. Alle waren der Meinung, dass dies ein fantastisches Gericht sei, und sie stimmte nach dem ersten Bissen von ganzem Herzen zu.

Sie sprachen darüber, ihre Kleidung in das Resort zu bringen und sie freute sich, eine Provision auszuarbeiten, die beide Seiten zufrieden stellen würde. Das Mittagessen verging wie im Fluge und sie hatte viel Spaß. Jake hatte so Recht, als er sagte, sie würde zu seinen Schwestern passen. Zum ersten Mal seit sehr langer Zeit fühlte sie die Hoffnung, dass sie tatsächlich ein Teil von etwas sein könnte. Sie blinzelte einen plötzlichen Anflug tiefer Empfindungen zurück. Es war, als hätte ihre Oma gewusst, dass dies ihr Platz war.

Shar grinste, als sie mit dem Essen fertig war. „Also, zurück zu Jake. Du bist Jakes Nachbarin und du warst mit ihm essen. Was denkst du wirklich über unseren Jake – außer dass er ein netter Kerl ist? Cali sagte, er hat gestern Abend gestrahlt, als sie euch beide gesehen hat."

Offensichtlich war Shar hartnäckig. „Ähm, er ist großartig. Er war sehr hilfreich, seit ich eingezogen bin. Aber es war nur ein Abendessen."

„Vielleicht." Jillians große grüne Augen funkelten abschätzend. „Aber du bist nicht Jakes üblicher Typ. Versteh mich nicht falsch, wir sind begeistert. Etwas an dir hat ihn dazu verleitet, dich um ein Date zu bitten. Wir finden, dass das ist eine sehr gute und willkommene Sache ist."

„Du *magst* ihn doch, oder?" Cali sah Sammy Jo mit erwartungsvollem Blick an.

Sammy Jo biss sich auf die Lippe, als ihr klar wurde, dass Jakes Schwestern sie *verkuppeln* wollten.

Der Gedanke daran schickte ein Beben der Unsicherheit durch sie hindurch. „Oh, ich glaube nicht, dass zwischen uns etwas Besonderes läuft. Er will nur nett sein." Es war besser, ihre Neugierde zu bremsen. Nach seiner Reaktion gestern Abend war sie ziemlich sicher, dass er nichts Besonderes für sie empfand. Er hatte sie geküsst und gemerkt, dass da nichts Besonderes war und er war weitergezogen.

„Aber du magst ihn, oder?" Cali fragte nachdrücklich.

Wie sollte sie darauf antworten? Sicherlich würden sie nicht zu Jake laufen und ihm brühwarm erzählen, was sie sagte. Aber im Moment war sie sich über nichts sicher. „Natürlich. Was kann man an ihm nicht mögen? Er ist ein toller Mensch." Sofortige Erinnerungen daran, wie wunderbar er küssen konnte, überkamen sie und wie das Gefühl seiner Arme um sie herum sie mit Empfindungen erfüllte, an die sie jetzt lieber nicht denken wollte. Zu spät bemerkte sie, dass sie rot wurde und alle vier Schwestern triumphierend lächelten.

„Dachte ich's mir." Shar schlug ihre Hand auf den Tisch. „Du magst ihn. Gut. Weil du perfekt für ihn bist. Du rüttelst ihn auf eine nette Art und Weise auf."

Was bedeutete das denn?

„Nein, ich meine, es gibt keinen Grund, das zu denken. Dein Bruder und ich, wir sind zu verschieden, um als Paar gesehen zu werden. Er hat keine Angst davor, neue Dinge auszuprobieren. Ich meine, er war ein Navy SEAL und er ist Taucher und er macht abenteuerliche Dinge wie Fallschirmspringen und Bergsteigen. Ich habe nichts davon je getan. Er hat mir nur angeboten, mir dabei zu helfen, ein paar dieser Berge zu erklimmen und sie von meiner Wunsch-" Sie machte rasch den Mund zu und merkte, dass sie mehr preisgab als sie geplant hatte.

Alle Schwestern studierten sie mit offener Neugierde.

„Wunsch*liste*?" beendete Olivia für sie.

Shars Augen weiteten sich. „Er hilft dir bei einer Wunschliste? Wie cool. Das wird ihn ein wenig durcheinanderbringen."

„Ihn durcheinanderbringen?" Sammy Jo war jetzt besorgt.

„Kümmere dich nicht um Shar." Jillian tätschelte Sammy Jos Unterarm. „Das ist etwas Neues für Jake. Aber ich finde es toll, dass du eine Liste hast. Ich hatte eine Art Liste und Ryan stand drauf. Er und unser süßes Baby waren alles, was ich wollte und jetzt habe ich beides. April wird bald sechs Monate alt und ich kann es noch immer nicht glauben. Also sind erfüllte

Wunschlisten fabelhaft."

„Das ist wunderbar. Du musst sie eines Tages im Laden vorbeibringen. Ich würde sie gerne kennenlernen. Ich überlege, ob ich eine Produktlinie für Babys starte, nur ein paar süße Sachen mit dem „Lovely You"-Logo drauf." *So, vielleicht würde das das Thema wechseln.*

„Ich werde vorbeikommen. Ich bin so aufgeregt, dass du hier bist und deinen Laden eröffnest." Jillians herzliche Erklärung bedeutete so viel für Sammy Jo. Und zum Glück gönnten sie ihr eine Pause von zu vielen weiteren Fragen über Jake.

Als sie schließlich ging, hatte sie das Gefühl, als würde sie Freunde verlassen. Und das fühlte sich wirklich gut an.

Natürlich war das offensichtliche Missverständnis der Schwestern rätselhaft, dass sie dachten, Jake hätte ein besoneres Interesse an ihr gezeigt. Sie wären wirklich überrascht gewesen, wenn sie sich ihnen über den Kuss anvertraut und ihnen dann erzählt hätte, wie er danach regelrecht geflüchtet war.

Sie war nichts Besonderes für ihn. Egal, wie sehr sie es sich auch wünschte.

KAPITEL ACHT

Jake klopfte an die Hintertür von Sammy Jos Laden und wartete auf ihre Antwort. Als sie die Tür öffnete, machte sein Puls augenblicklich Sprünge. Er hatte sie vermisst. Er war zwei Tage lang weggeblieben, um seinen Verstand wieder in Ordnung zu bringen. Aber heute war ihre Tauchstunde und er wollte sie nicht hängen lassen. Er hatte sich verpflichtet. Aber die Wahrheit war, dass er sich nicht länger von ihr fernhalten konnte.

„Hey." Er lehnte sich mit einer Schulter an den Türrahmen und verschränkte die Arme. Ihm entging nicht, dass ihre Augen ihn zum ersten Mal misstrauisch ansahen. Es gefiel ihm nicht, dass er der Grund für diesen Blick war.

„Selber hey.“ Sie verschränkte auch die Arme. „Was ist los?“

„Bist du bereit?“

„*Für*?“ Sie wirkte verwirrt.

„Unsere Tauchstunde“, sagte er, langsam. „Im Schwimmbecken.“

Ihr Blick schweifte in die Ferne dann schaute sie wieder zu ihm zurück. „Oh, Entschuldigung. Ich habe beschlossen, dass ich den Tauchgang vorerst auf Eis lege. Du bist beschäftigt und ich habe am Montag die große Eröffnung und es gibt noch einiges zu tun. Tut mir leid, dass ich vergessen habe, dir Bescheid zu sagen. Aber ich habe dich nicht gesehen, also hast du heute frei.“

Der kleine Stich traf ins Schwarze. Er verdiente die Distanz. „Ich hätte vorbeikommen sollen, das stimmt. Aber wir hatten Pläne gemacht, also dachte ich, wir hätten ein Date.“

Sie runzelte die Stirn. „Nein, kein Date. Ich bin

wirklich zu beschäftigt. Ich muss noch etwas nähen.“

„Aber was ist mit deiner Wunschliste?“ Er mochte die Distanz nicht, die sie zwischen ihnen aufbaute – nein, die er zwischen ihnen aufgebaut hatte. Er hatte das getan.

„Schau, Jake. Es ist in Ordnung, dass du mir aus dem Weg gegangen bist. Ich hätte nie erwartet, dass du deine ganze übrige Zeit damit verbringst, mir zu helfen. Du warst wundervoll und ich denke, der Kuss neulich war wahrscheinlich der letzte Punkt auf meiner Liste, den ich für eine Weile angehen werde. Ich muss mich ums Geschäft kümmern. Und, na ja, der Kuss hat dich wachgerüttelt und zum Davonlaufen gebracht und das hatte ich nicht geplant.“

Sammy Jo hatte Mumm und das überraschte ihn. Er schaute weg, als sie ihn mit kühlem Blick anstarrte. „Ja, das bringt es auf den Punkt. Dieser Kuss…“

„Ich habe dich erschreckt.“ Ihre Brauen hoben sich an.

Er wollte das wirklich nicht zugeben, aber er biss in den sauren Apfel. „Ja, er hat mir Angst gemacht.“ Er richtete sich auf und fuhr mit einer Hand durch sein

Haar. „Aber ich habe es mit Trent besprochen und er sagte mir, für einen Typen wie mich sei das normal und ich solle es langsamer angehen lassen." *Junge, schaufelte er sich gerade etwa noch tiefer in eine Grube, oder was?*

„Verstehe. Und was ist mit dem, was *ich* denke? Darf *ich* mitbestimmen, was in dieser Beziehung passiert, oder lehne ich mich einfach zurück und nehme, was immer du austeilst?" Ihre Augen blitzten.

„Ja, sicher." Er *hatte* Mist gebaut.

„Gut. Dann sage ich, dass ich eine offizielle Eröffnung habe und das Projekt Wunschliste vorerst auf Eis lege. Ich werde es selbst zu Ende bringen, nachdem ich meinen Laden in Schwung gebracht habe. Jetzt muss ich einen Rock fertig machen. Oh und übrigens, deine Schwestern sind toll. Ich mag sie wirklich gern."

Dann schloss sie die Tür und ließ ihn stehen.

Er runzelte die Stirn. Das war ganz und gar nicht das, was er erwartet hatte. Er wollte nochmal anklopfen, aber er zog seine Knöchel von der Tür zurück. Stattdessen ging er wie betäubt zurück in seinen Tauchladen.

Die weiche, ruhige Sammy Jo hatte ihn gerade zurückgewiesen.

Und was jetzt?

Was hatte sie getan? Sammy Jo lehnte sich gegen die Tür und wartete, dass ihr Herz aufhörte zu pochen. Sie hatte lange überlegt, wie sie mit der Situation mit Jake umgehen sollte und das, was sie gerade getan hatte, war spontan passiert. Es war ihr gerade erst eingefallen, als sie dort stand und ihn ansah. Es fühlte sich gut an, dass sie ihn weggeschickt hatte, anstatt dass sie sich von ihm wegschicken ließ. Wenn diese Beziehung nirgendwohin führte, dann war es am besten, sie jetzt im Keim zu ersticken. Sie würde nicht mit sich spielen lassen. Und nachdem sie mit seinen Schwestern gesprochen hatte, hatte sie das Gefühl, dass Jake wahrscheinlich das bekam, was er von einer Beziehung wollte. Nun, diesmal nicht. Das war ihr neues Leben und sie hatte das Sagen.

Aber er hatte so gut ausgesehen. Meine Güte, der Mann ließ ihre Sicherungen jedes Mal durchbrennen, wenn er sich näherte. Aber sie war entschlossen, sämtliches elektrische Kribbeln, Prickeln und alle Versuchungen zu ignorieren, die ihre Entscheidungen beeinflussen wollten, wenn Jake in der Nähe war. Und sie würde nicht daran denken, ihn noch einmal zu küssen.

Es war zu riskant. Sie könnte sich in ihn verlieben – verliebte sich in ihn. Und was dann? Er war nicht der Typ für Verpflichtungen und sie wäre verletzt, wenn sie etwas anderes zuließe. Sie war gerade erst hierher gezogen und sie würde sich auf keinen Fall unglücklich machen, weil sie sich in den Nachbarn verliebte und ihn nicht haben konnte.

Das war nicht der richtige Weg, um irgendwo ein neues Leben zu beginnen.

Sie war stark und entschlossen und sie wollte Jake zumindest als Freund behalten, daher war es unbedingt notwendig, mit dem romantischen Zeug aufzuhören.

Also würde sie das beenden. Sie würde es *jetzt* beenden.

Am Montag kam die Handelskammer von Windswept Bay mit einer Zeremonie zum Durchschneiden des roten Bandes und die Zeitung kam, um Fotos zu machen. Cali, Shar, Jillian und Olivia waren dort, sowie einige ihrer Schwägerinnen. Sie traf Lilly, die Autorin und Kelsey, die Pferdetrainerin und Jessica, die Lehrerin und Kevin, ihren liebenswerten kleinen Jungen. Jessicas Mann Levi war der Polizeichef und er war auch dabei. Er war sehr gutaussehend und offensichtlich sehr verliebt in Jessica.

Jakes Mutter kam auch. Violet Sinclair war mit ihren langen silbernen Haaren und ihren freundlichen Augen wunderschön.

Sie nahm Sammy Jos Hände in ihre, als sie sie kennenlernte. „Ich bin so froh, dass du unser Zuhause zu deinem Zuhause gemacht hast. Meine Mädchen erzählen mir, dass deine geliebte Großmutter erst kürzlich verstorben ist und dass sie und dein Großvater sich in unserem Resort kennen gelernt haben. Dein Verlust tut mir sehr leid und wenn ich etwas für dich tun kann, dann zögere bitte nicht, mich zu fragen. Jemanden zu verlieren, den man liebt, ist schwer und dennoch hast du dich dazu entschieden, neu anzufangen. Du bist sehr mutig und ich bewundere dich."

Sammy Jo war gerührt. „Danke sehr. Es war schwer. Aber ich fühle mich ihr hier nahe. Sie hat mir gesagt, dass ich hierher gehöre und ich denke, sie hat recht. Dieser Ort spricht zu mir."

„Gut. Nun, wir haben am Freitag ein Familienessen im Haus und ich würde mich freuen, wenn du kommen würdest. Ich werde Jake sagen, er soll dich mitbringen. Du und Jake seid *Freunde*, wie ich höre."

Sie zögerte und blickte quer durch die Gruppe zu Jake, der mit seinem Bruder Trent sprach. „Ähm, ja, das sind wir. Aber ich möchte mich nicht aufdrängen." Sie hatte nicht mehr mit ihm geredet, seit sie ihm die Tür vor der Nase zugeschlagen hatte. Daher war es ein bisschen peinlich.

Als ob er spürte, dass sie ihn ansah, traf er ihren Blick und ein Lächeln umspielte seine Mundwinkel. Sie schaute weg und fühlte sich schrecklich. „Wirklich, ich sollte wahrscheinlich nicht –"

„Unsinn. Bei unseren Familienessen geht es immer zu wie im Irrenhaus und es gibt immer Platz für mehr. Alle wollen dich besser kennenlernen, also komm bitte. Jake wird dich rausbringen, damit du das Haus nicht alleine finden musst. Außerdem bezweifle ich sehr, dass es ihm etwas ausmacht."

„Nun, okay, das wäre toll." Es gab wirklich keinen eleganten Weg, der Einladung zu entkommen und sie wollte es wirklich. Wenn es nur nicht diese Spannung zwischen ihr und Jake gäbe.

„Jake", rief Violet und winkte ihn zu sich rüber.

„Ja, Mama? Brauchst du mich?"

„Ja, ich habe Sammy Jo für Freitagabend zum Essen eingeladen. Wärst du so nett und holst sie ab und bringst sie zum Haus?"

Er starrte Sammy Jo an und sie wollte sich ducken.

„Klar, das mache ich gern."

„Gut, dann ist alles besprochen. Jetzt muss ich hineingehen und mir deinen Laden ansehen."

Sammy Jo sah der eleganten Dame hinterher, wie sie ihren Laden betrat. Sie war sprachlos. Sie war gerade komplett überrollt worden. Sie fühlte, wie Augen sich auf sie richteten und sah, wie Jake sie angrinste.

„Das hat sie uns eingebrockt, nicht wahr?"

Sie sah ihn mürrisch an. „Ja, aber du musst mich nicht abholen. Ich bin in der Lage, selbst zu fahren."

„Nein. Ich habe es meiner Mutter versprochen und ich breche kein Versprechen, besonders nicht meiner Mutter gegenüber."

Wer hätte es gedacht. „Verstehe. Nun, das ist eine gute Tugend."

Er lachte. „Entspann dich. Ihr werdet Spaß haben. Aber wenn es dir etwas ausmacht, dass ich dich abhole, dann verstehe ich das."

„Nein, solange es dir nichts ausmacht." Sie blickten einander an und sie konnte praktisch hören, wie die Sekunden tickten.

Schließlich lächelte er. „Es macht mir nichts aus.

Ich werde dich um sechs Uhr abholen. Kleide dich locker. Wir spielen vielleicht Frisbee am Strand oder machen ein Lagerfeuer. Kevin liebt das. Und du wirst Rosco und Jaco kennenlernen, Kevins Hunde. Die sind groß und ausgesprochen aktiv."

Sie entspannte sich ein wenig. „Ich liebe Hunde. Aber ich hatte nie einen eigenen. Ich denke, eines Tages werde ich mir einen Hund zulegen. Einen, der mir in meiner kleinen Wohnung Gesellschaft leistet."

„Das solltest du. Wir haben hier ein tolles Tierheim. Da kommt Jaco her. Er wächst wie ein Elch, also war das Tierheim froh, dass ihn jemand adoptiert hat." Er lachte und der Klang brachte sie auch zum Lachen.

„Wenn ich mich eingelebt habe, gehe ich vielleicht hin und adoptiere einen kleinen pelzigen Freund."

„Das wird ein glücklicher Hund sein."

„Danke."

„Es ist die Wahrheit." Seine Augen wurden warm. „Schau, ich hoffe, wir sind wieder gut miteinander. Ich weiß, dass ich neulich Abend Mist gebaut habe."

„Es ist in Ordnung. Es ist einfach besser so. Wir werden für eine lange Zeit Nachbarn sein. Und wir müssen nur Freunde sein."

„Richtig."

Augenblicke später versammelten sich alle hinter dem roten Band und der Zeitungsfotograf machte ein Foto von Sammy Jo, wie sie das rote Band durchschnitt. Es fühlte sich aufregend an und als wäre sie ein Teil der Gemeinschaft. Sie begann, dazuzugehören und es fühlte sich richtig an. Das tat es. Sie musste Jake nur als Freund auf Distanz halten.

Am Freitagabend schloss Sammy Jo den Laden ab und schickte ein Dankgebet zum Himmel für die wunderbare Woche, die sie hatte. So viele Leute waren in den Laden gekommen und sie hatte mehrere Outfits verkauft. Mit einem Lächeln ging sie die Treppe hinauf und in ihre gemütliche Wohnung. Es war eine gute Woche gewesen. Sie hatte ziemlich viel zu tun gehabt und hatte beschlossen, dass sie eine Teilzeitkraft einstellen werden müsste. Sie war aufgeregt, dass ihr kleines Unternehmen einen kleinen Sieg errungen hatte.

Und nun würde sie mit neuen Freunden zu Abend essen. Es war ein wenig überwältigend für jemanden, der so wenig soziales Leben hatte wie es bei ihr der Fall gewesen war. Sie wollte den richtigen Eindruck machen. Sie eilte in ihr winziges Badezimmer, wusch sich das Gesicht und kämmte sich die Haare. Sie trug ein wenig Make-up auf und nickte ihrem Spiegelbild zu. „Du siehst gut aus", sagte sie sich. „Atme tief durch und genieß es." Sie dachte an Jake und wusste, dass das leichter gesagt als getan wäre.

Ihr Magen flatterte. Sie ging in ihr Zimmer und öffnete ihren Schrank, um ihre Klamotten durchzusehen. *Leger.* Sie beschloss, dass ihre Röcke nicht funktionieren würden, wenn sie Frisbee spielen würden. Sie hatte noch nie Frisbee gespielt. Aber sie hatte schon vorher Leute gesehen, die hüpften und sich streckten und die Scheibe fingen und warfen. Sie entschied sich für ein Paar enge Jeans und Flip-Flops und eines ihrer zartblauen Tops. Sie atmete tief durch, als sie wieder in die Küche ging und sich ein Glas

Wasser einschenkte. Das Klopfen an der Tür ließ ihr Herz augenblicklich rasen.

Sie hatte sich die ganze Woche eingeredet, dass sie nicht überreagieren soll, weil sie heute Abend Zeit mit Jake verbringen würde. *Es war ja nicht so, als hätte er sie um ein Date gebeten. Seine Mutter hatte das arrangiert. Er war nur ihre Mitfahrgelegenheit.*

„Nur meine Mitfahrgelegenheit", murmelte sie, als sie die Tür aufriss und ihn sah, wie er dort stand und besser aussah als jeder Mann rechtmäßig aussehen durfte. Er trug ein enges, ausgeblichenes T-Shirt mit dem Logo von Jake's Dive Shop auf seinem Herzen.

Er blinzelte heftig, als sein Blick sie betrachtete. „Hi. Du siehst toll aus, Miss Lovely. Bist du bereit?"

„Danke schön." Sie fühlte sich, als ob die Schmetterlinge, die in ihrem Bauch herumschwirrten, einen Nervenzusammenbruch hatten. Sie zwang ihre Stimme, hell und kontrolliert klingen zu lassen. „Lass mich meine Handtasche holen, dann bin ich bereit."

Sie beeilte sich, ihre Handtasche zu greifen, während sie sich sagte, dass sie ihr Herz irgendwie verstecken müsse. Um es zu begraben. Wirklich, es schien, als ob Jake sie einfach den Verstand verlieren ließ, sobald er in der Nähe war. Sie musste Abstand bewahren.

Das musste sie um jeden Preis.

Kurze Zeit später fuhren sie auf der Küstenstraße aus der Stadt hinaus. „Du hast also eine sehr große Familie. Es war so lieb von ihnen, zu meiner großen Eröffnung zu kommen und sie alle haben etwas gekauft. Was sie *nicht* tun mussten."

Er wirkte verwirrt. „Deine Sachen sind fantastisch. Natürlich haben sie alle etwas gekauft. Du solltest bei Ehemännern und Freunden Werbung machen, dann verdienst du ein Vermögen."

Er hatte eine gute Idee. „Sieh dich an, Mr. Vermarkter Extraordinaire. Das ist eine sehr gute Idee."

Seine blauen Augen funkelten und sie konnte nicht wegschauen. „Für mich ist das nur logiscg. Hattest du eine gute Woche?"

„Das hatte ich. Das hatte ich wirklich. Ich liebe es hier. Es ist, als ob meine Oma wusste, dass das der Fall sein würde."

Er lächelte sie an und seine Augen waren warm. „Deine Oma kannte dich gut. Sie wusste wahrscheinlich, dass es dir hier gefallen würde. Ich bin sehr froh, dass sie dich nach Windswept Bay geschickt hat."

Seine Worte breiteten sich in ihr aus wie warmer Honig. Sie bemühte sich, mit den Füßen auf dem Boden der Tatsachen zu bleiben. „Trotz all der Schwierigkeiten, die ich bereitet habe?"

„Du machst keine Schwierigkeiten. Wir sind da." Er bog in die Auffahrt zu einem weitläufigen Haus mit schöner Landschaftsarchitektur. Überall waren Autos und Jeeps.

„Dieser Garten ist so schön."

„Hier sind so viele Fahrzeuge, dass es schwer ist, die Landschaftsarchitektur zu sehen, aber meine Mutter und Jillian haben sehr grüne Daumen, Finger und Zehen. Sie haben den Garten entworfen. Jillian macht das auch im Resort."

„Ja, das haben sie mir gesagt. Ich hab's vergessen. Ich habe leider keinen grünen Daumen."

„Aber du kannst sehr wohl nähen."

„Stimmt. Vielleicht könnte ich Jillian dazu überreden, mir ein paar Tipps zu geben, wenn ich mir eines Tages ein kleines Häuschen kaufe.“

„Das würde sie tun. Sie ist ein Schatz. Und warte, bis du die kleine April triffst.“ Die Wärme in seinen Worten war unüberhörbar.

„Du klingst, als ob du Kinder magst. Du sprichst auf die süßeste Art über Kevin und jetzt April. Du bist sicher ein toller Onkel.“ Sie betrachtete ihn, als er den Truck parkte. *Halte Abstand, Sammy Jo.*

„Ich versuche, ein guter Onkel zu sein. Ich liebe Kinder.“

Natürlich tat er das. Es war ihm vielleicht noch nicht bewusst, aber er würde ein toller Vater sein.

„Magst du Kinder?“, fragte er.

Sie nickte. Ihr wurde warm ums Herz bei dem Gedanken daran, Mutter zu sein und ihr eigenes Baby im Arm zu halten. „Das tue ich. Ich will mehrere – nicht in nächster Zukunft. Aber eines Tages.“ Sie musste sich selbst daran erinnern, ihr Leben nicht zu überstürzen. Die Dinge würden zu ihrer eigenen Zeit geschehen. Trotz der Tatsache, dass ihr Leben scheinbar so lange auf Eis gelegen hatte.

Er studierte sie mit sanften Augen. „Du wirst eine wunderbare Mutter sein."

Sie kämpfte gegen einen plötzlichen Kloß im Hals. „Danke. Ich weiß, dass ich meine Kinder von ganzem Herzen lieben werde." Sie würde ihren Kindern das geben, was ihre eigene Mutter ihr nicht geben konnte.

„Ja und sie werden sich glücklich schätzen, dich als Mutter zu haben." Er räusperte sich und sie versuchte zu atmen, als jedes Stück ihrer Seele nach ihm greifen und sich an ihn klammern wollte.

„Wir sollten wohl besser reingehen", sagte er. Aber bewegte sich nicht. Sie starrten einander an.

Sie schaffte es, zu nicken. „Ja, das wäre wohl klug." Sie fasste nach dem Türgriff, drückte die Tür auf und kletterte aus dem Wagen. Wenn sie nicht ausstieg, würde sie sich wohl auf Jake stürzen.

Er blieb knapp vor ihr stehen und legte seine Hände auf seine schlanken Hüften. „Kein Scherz,

Sammy Jo. Du wirst die beste Mutter sein."

Sie konnte sich nicht bewegen. Sie war in so großen Schwierigkeiten, weil es unmöglich schien, dass sie sich nicht in diesen Mann verliebte.

Du wirst dich nicht in ihn verlieben. Das wirst du nicht.

Sie musste nur das Mantra ständig wiederholen.

KAPITEL NEUN

Mit Knoten im Bauch beobachtete Jake Sammy Jo, die mit den Sinclair-Frauen lachte. Sie alle bewunderten Baby April und sahen so glücklich aus wie nur möglich. Es war erstaunlich, wie sie alle zusammenpassten. Sammy Jo sah glücklich aus und er freute sich für sie. Sie hatte so ein einsames Leben gelebt und er wusste, wie viel es ihr bedeutete, Freunde zu finden und dazuzugehören. Sie hätte ihm das nicht einmal sagen müssen. Er hatte es in ihrem Gesicht gesehen, als sie davon erzählte, wie sie hierher zog um ein neues Leben zu beginnen. Und auch wenn sie über seine Familie sprach. Sie hatte jeden verloren, der ihr etwas bedeutete. Sein Herz schmerzte für sie. Und wenn sie lächelte, machte es sein Herz glücklich. Es war ein Gefühl, das er genoss.

„Du bist wirklich in Gedanken versunken." Trent kam zu ihm und lehnte sich an den Tresen neben ihm. „Du bist heillos verknallt, Bruder."

Jake schnaubte. „Ja, aber sieh sie dir an. Wie kann ich nicht heillos verknallt sein, wie du es ausdrückst? Aber sie ist im Moment glücklich, sie liebt es, Teil einer großen Frauenschar zu sein. Ich werde nichts tun, um das zu vermasseln."

„Was vermasseln?" Max kam auch dazu und lehnte sich an den Tresen. Er griff nach einem Chip und tauchte ihn in eine Schüssel mit Käse-Dip.

„Unser Bruder Jake ist verliebt, aber er will es nicht zugeben."

Max grinste. „Ich dachte mir schon, ich hätte das verträumte Schimmern in deinen Augen erkannt."

Jake runzelte die Stirn. „Sehr lustig, ihr zwei."

„Du hast den Blick", wiederholte Max. „Es ist ein schwerer Schock. Ich hatte ihn. Fühlte ihn. Aber dann wurde mir klar, dass Kelsey alles ist, was ich je wollte und jemals gebraucht habe. Ich musste sie haben. Und es gab keine Chance, dass ich sie gehen lassen konnte."

„Ich kann es nicht riskieren, sie zu verletzen. Sie hat schon zu viel verloren."

„Dann werde dir darüber klar." Max war keiner, der herumschweifte. Er und Trent waren die ruhigsten zwei Sinclair-Männer in der Familie und beide hatten ihm soeben einen herzlichen Rat gegeben.

„Danke, Jungs."

Sein Vater ging vorbei. „Jake, komm und hilf mir, die Burger hineinzubringen."

„Sicher." Er folgte seinem Vater auf die Terrasse, von der aus man den Ozean am Fuß des Hügels sehen konnte. Kevin hatte einen Riesenspaß. Er, Jaco und Rosco tummelten sich mit Levi und seinem Schwager BJ am Strand. Gage und Grant lehnten am Geländer, beobachteten sie und unterhielten sich.

Jake wusste, dass sein Vater ihn aus einem bestimmten Grund um Hilfe gebeten hatte. Es standen genug Leute herum, die helfen konnten. Er reichte Jake die Servierplatte.

„Wie geht es dir?“ Sam öffnete den Deckel des massiven Grills und begann dann, die Burger mit seinem großen Spatel aufzunehmen und auf die Servierplatte zu legen. „Wir haben in letzter Zeit nicht viel von dir gesehen.“

„Ich bin beschäftigt, Dad.“

„Du findest etwas Zeit, um dich zu verabreden, wie ich sehe.“ Sam grinste und schaufelte noch einen Burger auf. „Deine Mutter mag die junge Dame dort drinnen wirklich gern. Sie glaubt, dass du sie ebenfalls sehr magst.“

„Sammy Jo ist etwas Besonderes.“ Er fühlte jetzt offiziell den Druck der Erwartungen seiner Familie.

„Scheint nett zu sein. Sie scheint auch eine beruhigende Wirkung auf dich zu haben, denke ich. Deine Mutter hatte diesen Effekt auf mich. Sie bringt einen Mann dazu, über die wichtigen Dinge im Leben nachzudenken.“

Jake dachte darüber nach. „Vielleicht, aber Dad, wir sind nur Freunde.“

Sam sah skeptisch aus und hielt beim Schichten

der Burger inne. „Richtig. In Wahrheit ist das ist der beste Weg, um anzufangen. Lass uns die hier reinbringen. Hey, Grant, ruf alle vom Strand. Die Burger sind fertig."

„Ja, Sir. Die riechen wirklich gut."

Jake folgte seinem Vater und schon bald genoss der ganze Clan ein lautes und fröhliches Essen. Er nahm seinen Burger und setzte sich neben Sammy Jo an den Tisch. „Amüsierst du dich gut?"

„Oh, Jake, ja. Du hast eine wunderbare Familie. Ich bin ein wenig überwältigt von so vielen Leuten."

„Ja, sie sind cool. Irgendjemand hält dir immer den Rücken frei, das steht fest."

„Ja, das ist ein Trost. Manchmal fühle ich mich allein." Sie lächelte kurz. „Nun, ich bin allein, aber ich habe jetzt Freunde."

Er legte seine Hand auf ihre. „Ja, das tust du." Sie sahen sich einen langen Moment lang an. Jake konnte nicht erklären, was er fühlte, außer, dass er Fürsorge für sie empfand.

„Ich liebe deine Familie wirklich, Jake. Du hast viel Glück."

Jake nickte. „Ja, das habe ich. Sie ist eine große, wachsende Familie. Und sie lieben dich auch alle." Es musste sich schwer beherrschen, um ihr nicht zu sagen, dass er sie liebte. „Bist du bereit, dich wieder auf das Tauchen vorzubereiten? Ich weiß, ich habe den Kuss versaut, aber ich will wieder Zeit mit dir verbringen. Und wir haben angefangen, dich darauf vorzubereiten, das von deiner Wunschliste zu streichen.

Sie biss sich auf die Lippe. Sie lehnte sich nahe an ihn ran. „Jake, das könnte uns noch um die Ohren fliegen. Du hattest Angst, nachdem du mich neulich Abend geküsst hast. Und, na ja, ich habe auch Angst. Ich habe Angst, ich könnte mich in dich verlieben und du bist nicht der Typ, der heiraten würde. Und was dann? Wir arbeiten nebeneinander und ich wäre unglücklich. Und ich will das nicht. Ich bin glücklich hier und will keinen Riesenfehler begehen."

Er wollte sie in seine Arme nehmen und ihr sagen, dass er ihr nie wehtun würde. Aber sie hatte Recht. Das könnte schlimm ausgehen. „Ich habe neulich Abend Mist gebaut. Und ich kann dir nicht versprechen, dass ich es nicht wieder vermasseln werde, aber ich werde alles in meiner Macht stehende tun, um dich nicht zu verletzen. Woher wissen wir das, wenn wir kein Risiko eingehen?"

Sie atmete tief ein und über ihre grünen Augen lief ein Schatten. „Ich habe Angst," wiederholte sie.

Es fiel ihm schwer, seine Stimme leise zu halten, um sich zurückzuhalten. „Du bist hergekommen, um aus deinem Schneckenhaus zu kriechen, um auf gewisse Weise Risiken einzugehen. Riskiere etwas für mich."

„Worüber steckt ihr denn die Köpfe zusammen?", rief Shar von der Couch rüber, wo sie und Gage zusammengekuschelt saßen.

Sammy Jo sprang zurück.

Jake antwortete seiner Schwester nicht, sondern hob stattdessen eine Augenbraue zu Sammy Jo. „Gehen wir?"

Sie hielt seinem Blick stand und nickte dann.

„Sammy Jo hat sich gerade bereit erklärt, mit dem Tauchen anzufangen. Wir beginnen morgen mit dem Unterricht."

„Toll, das ist toll", rief Shar an. „Jake wird dich

auf alle möglichen Abenteuer mitnehmen. Ich bin selbst ein Schnorchel-Mädchen, aber das ist cool. Ihr zwei seht gut aus. Hey, Jake, du solltest Sammy Jo nächste Woche zum Windswept Bay Fudge Fest mitbringen."

„Ja, das solltest du", stimmte Olivia zu und dann drängten ihn alle Frauen im Raum, Sammy Jo zum Fudge Fest mitzubringen.

Jake konnte sich nicht helfen. Er zog sanft an einer Strähne von Sammy Jos seidigem Haar. „Sammy Jo würde jeden gut aussehen lassen. Und wenn sie zum Fudge Fest gehen will, bin ich dabei."

Sammy Jo errötete und er wollte nicht mitten in seinem Elternhaus sitzen, wenn seine Geschwister und seine Familie sie mit Adleraugen beobachteten. Er wollte mit Sammy Jo allein sein.

„Magst du Fudge?"

„Wer mag keinen Fudge?"

„Dann ist alles klar. Nächstes Wochenende ist das Fudge Fest."

„Siehst du, das war doch gar nicht schwer", neckte Shar. „Du verlierst wohl dein Taktgefühl, Bruder, wenn ich dich daran erinnern muss, Sammy Jo um ein Date zu bitten."

Seine Schwester zwinkerte und Sammy Jo lachte. Jakes Verstand funktionierte in der Tat nicht richtig und das war keine Lüge. Aber er hatte es nicht gemocht, keine Zeit mit Sammy Jo zu verbringen. Und er hoffte, dass sie das gleiche für ihn empfand.

„Also, du bist verrückt nach ihm, richtig?", fragte Roxie am nächsten Tag am Telefon, nachdem Sammy Jo zum Abendessen bei den Sinclairs gewesen war.

„Roxie, ich stecke in so großen Schwierigkeiten. Ich bin verrückt nach ihm und versuche, es nicht zu sein. Aber es ist schwer, ihn zu ignorieren. Er hat mich dazu überredet, mich wieder auf das Tauchen vorzubereiten. Aber, Roxie, das ist ein Teil des Problems. Ich kann in den Pool gehen und ich habe es tatsächlich geschafft mit der Sauerstoffmaske unter Wasser zu tauchen und ein- und auszuatmen ohne in Panik zu geraten. Aber der Gedanke, ins Meer zu springen und dort unterzutauchen, macht mir Angst. Er dagegen *liebt* es. Was wird er denken, wenn er merkt, dass ich es einfach nicht tun kann?"

„Hör auf, so negativ zu denken. Du weißt doch gar nicht, ob du es nicht tun kannst. Und er klingt so, als würde er dir helfen. Gib es jetzt nicht auf. Amüsiere dich einfach."

Ja, klar. Es war nur nicht so einfach. Sie legte ein paar Minuten später auf, als Kunden den Laden betraten, um zu stöbern.

Als sie die Ladentür abschloss und in ihre Wohnung ging, um sich umzuziehen, half die Aufregung darüber, Jake wieder zu sehen, die Sorgen um das Tauchen zurückzudrängen. Sammy Jo wusste, dass sie es von ihrer Wunschliste löschen würde, wenn sie es Oma nicht versprochen hätte.

Sie zog eine kurze Hose über ihren Badeanzug an und schob ihre Füße in die Sandalen. Sie knöpfte die Vorderseite ihrer Bluse über dem Badeanzug zu, schnappte ihre Tasche und ging wieder die Treppe hinunter, um auf Jake zu warten. Er würde denken, dass sie es nicht abwarten konnte, zu ihrem Unterricht zu kommen, aber in Wahrheit war sie nur begierig darauf, ihn zu sehen.

„Ich dachte, dieser Tag würde nie enden", sagte er, als er sie am Fuße der Treppe traf.

Als sie ihn ansah, schmolz jede Sorge, die sie den ganzen Tag gehabt hatte, dahin. „Ich auch." Sie hatte ihn vermisst.

Als sie das Schwimmbecken erreichten, fühlte sie sich, als hätte sie einen schweren Fall von Verdauungsstörungen. Trotzdem war sie abgelenkt, weil sie in der Nähe von Jake war. Er war so aufregend mit seinen Muskeln und Adonis-Blicken und diesen Augen, die voller Unheil und Leben funkelten. Das liebte sie an ihm. Wie lebendig er war.

Wenn auch nur eine winzige Menge davon auf sie abfärben würde, dann wäre ihr Leben abenteuerlicher als je zuvor.

„Okay, also üben wir das Atmen mit dem Atemregler und einige andere Fähigkeiten, die du benötigst. Nächste Woche machen wir einen richtigen Tauchgang."

Ein Knoten versuchte, sich hinter ihrem Brustbein festzusetzen. „Sicher. Perfekt."

Er half ihr beim Hochheben der Luftbehälter und sie war sich jedes Mal sehr bewusst, wenn er sie berührte. Sie konzentrierte sich auf dieses Gefühl, statt der Angst, dass sie der großen Hürde auf ihrer Wunschliste einen Schritt näher kam. Ihrer und Omas Wunschliste. Oma wollte unbedingt tauchen. Sie erinnerte sich, dass sie Oma gesagt hatte, wie sehr sie es bereute, das nie gelernt zu haben. Als sie und Großvater sich zum ersten Mal getroffen hatten, hatte er sie gedrängt, es zu lernen und mit ihm mitzugehen, aber die Angst hatte sie zurückgehalten. Sie bereute es für den Rest ihres Lebens.

Erinnerungen sind die Mühe wert. Das hatte Oma immer wieder gesagt. Hart zu arbeiten, um Erinnerungen zu schaffen – das war es wert, über die eigenen Grenzen hinaus zu gehen.

Und so stand das Tauchen auf der Liste. Trotz ihrer Klaustrophobie und ihrer Angst zu ersticken, hatte sich Sammy Jo gesagt, dass sie den Tauchgang machen würde.

Aber das Problem war, dass sie es vielleicht einfach nicht schaffen würde.

Vielleicht hatte sie nicht genug Mumm, wie ihre Oma es nannte, um diesen speziellen Punkt von ihrer Liste zu streichen.

Und wenn sie ihn nicht streichen konnte, wäre das eine, wenn nicht die größte Reue ihres Lebens.

Jake fiel es schwer, sich auf die Tauchvorbereitung zu konzentrieren. Seit dem Moment, als er Sammy Jo abholte, fühlte er sich, als hätte ihn ein Pferd in die Lunge getreten und das Atmen fiel ihm schwer. Die Frau raubte ihm den Atem. Aber als sie in den Pool gingen, hatte er das Gefühl, dass sie etwas bedrückte.

Das letzte Mal, als sie mit den Sauerstoffflaschen geübt hatten, hatte er gedacht, sie sei nervös. Sie kämpfte ein wenig, um tatsächlich unter Wasser zu gehen und durch den Atemregler zu atmen. Er wusste, dass einige Leute Probleme mit dieser Technik hatten.

„Hey, also immer mit der Ruhe. Lass uns an deiner Atmung arbeiten und daran, dich mit dem Atemregler vertraut zu machen. Du scheinst ein wenig nervös zu sein."

„Es ist nicht gerade ein natürlicher Prozess. Es macht mich etwas nervös."

„Kein Problem. Wir gehen es langsam an."

„Okay. Ich bin dafür."

Später, nachdem sie untergetaucht war und er mit ihr an der Benutzung ihrer Ausrüstung während des Tauchens arbeitete, fand er ihre Reaktionen besser. Als sie zurück in die Wohnung gingen, war sie entspannter. Er war es auch, denn wenn er so nahe bei Sammy Jo war, hatte er Schwierigkeiten, seine Hände bei sich zu behalten und seine Konzentration auf etwas anderes zu lenken, als die Tatsache, dass sie hinreißend war. Mehr als hinreißend. Sie lenkte auf verwirrende Weise ab. Es fiel ihm in diesen Tagen schwer, an etwas anderes als an sie zu denken.

Er wusste, dass er seine Gefühle für sie nicht leugnen konnte. Er hatte sich in sie verliebt und zwar Hals über Kopf. Und er konnte nicht davor weglaufen.

Die Wahrheit war, dass er schon eine Weile so empfunden hatte.

„Das hat Spaß gemacht", sagte er, als sie die Treppe zu ihrer Wohnung erreichten.

„Ja, das hat es. Ich war immer noch ein wenig angespannt, aber ich arbeite daran. Danke für deine Geduld. Was ist mit dem Fudge Fest? Ich muss Shar anrufen und fragen, ob ich etwas für das Fest brauche. Ich meine, gibt es Händler mit Ständen? Oder ist es hauptsächlich ein Fest des Essens?"

„Manche Leute haben Stände. Aber größtenteils hat es mit Essen zu tun. Wir sind in einer Touristenstadt. Fudge ist ein großer Bestandteil der Touristenstädte. Ich bin mir nicht ganz sicher, denn es ist nicht so, dass ich auf Reisen gehe und viel von dem reichhaltigen Zeug esse. Aber offensichtlich tun das viele Leute, denn die Fudge-Läden in der Stadt machen gute Geschäfte. Ich denke, Grant hat vielleicht ein paar Kunstwerke in einer Auktion, die für die Wohlfahrt spendet. Das wird sicher lustig."

„Das klingt ganz so. Danke, dass du mich mitnimmst."

„Es tut mir nur leid, dass meine Schwester mir dabei zuvorgekommen ist, dich um ein Date zu bitten. Ich hätte dich an dem Abend auch eingeladen, aber Shar und ihre große Klappe haben sich eingemischt."

Sammy Jo kicherte. „Deine Familie scheint zu denken, dass sie die Fragen für dich stellen muss. Warum ist das so?"

„Die Wahrheit?"

Sie nickte und lehnte sich mit den Händen hinter dem Rücken an das Treppengeländer, während sie ihn musterte. Er wollte sich vorbeugen und sie küssen.

„Sie haben Angst, dass ich nicht bemerke, wie toll du bist und es vermassle. Sie versuchen sicherzustellen, dass ich uns Zeit gebe, damit wir uns kennenlernen. Und dann ist da noch der Angst-Teil. Sie haben Angst, dass ich kalte Füße bekomme und einen Rückzieher mache und abblocke."

„Oh. Glaubst du, du würdest das tun?"

Er trat ein wenig näher. Sie stand auf der untersten Stufe und brachte sie damit auf Augenhöhe. Er legte seine Hände seitlich von ihr auf das Geländer und sah tief in ihre schönen grünen Augen. „Neulich Abend habe ich das getan. Aber jetzt nicht mehr. Ich habe noch nie zuvor gefühlt, was ich jetzt empfinde und es machte mir Angst. Aber ich glaube, ich bin mehr als darüber hinweggekommen." Sie atmete tief ein und sein Blick fiel auf ihre Lippen. „Was ist mit dir, Sammy Jo? Hast du Angst?"

Er lehnte sich zu ihr hin und ihre juwelenfarbigen Augen rissen weit auf. „N-nein. Nicht ängstlich", sagte sie, atemlos.

Seine Mundwinkel verzogen sich nach oben. „Gut." Und dann gab er dem überwältigenden Verlangen nach, das er spürte. Er küsste sie. Sie erstarrte, als seine Lippen die ihren berührten. Er hielt inne, ließ seine Lippen sanft gegen ihre gleiten und spürte ihr leichtes Zittern. Und dann schlang er einen Arm um sie und drückte seine Hand gegen ihren Rücken, während er sie leidenschaftlich küsste. Das hier war richtig.

Das hier fühlte sich wie Zuhause an.

Als Sammy Jo ihre Hände auf seine Schultern legte, spannte sich jede Zelle seines Körpers an.

„Jake", sie atmete gegen seine Lippen. „Was machen wir hier?"

„Wir amüsieren uns."

„Aber", sagte sie, atemlos. „Was, wenn es nicht klappt?"

Er wollte sie nicht zu früh mit zu viel verscheuchen. „Was, wenn doch? Hör auf, dir Sorgen zu machen. Wage den Sprung. Ich habe es satt, mir Sorgen zu machen und will entdecken, was zwischen uns ist. Ich kann dem hier nicht widerstehen."

Er zog sie in seine Arme und erkundete jedes wunderbare Gefühl, das durch ihn wallte, als ihre Münder miteinander verschmolzen. Er war sich nicht sicher, ob er aufhören konnte.

Und er wusste, dass er niemals aufhören *wollte*.

Was tat sie da? Sammy Jos Herz klopfte unregelmäßig, als sie ihre Hände in seinem T-Shirt vergrub und ihn küsste, als gäbe es kein Morgen. Morgen wäre sie vielleicht wieder rational. Aber heute Abend ging sie ein Risiko ein. Sie war gesprungen. Sie war voll und ganz dabei.

Und so wie sich seine Lippen auf ihren anfühlten und das aufgewühlte, brennende Verlangen durch sie pulsierte, war sie nicht sicher, ob sie diesen Kuss je enden lassen würde.

Er zog sich nach gefühlt viel zu kurzer Zeit zurück, seine Stirn lag gegen ihre. Beide bemühten sich, ihren Atem wieder unter Kontrolle zu bekommen.

„Nun, ich bin wirklich überrascht, dass ich noch immer aufrecht stehe. Du bringst meine Knie und mein Herz zum schmelzen, Sammy Jo.“

„Und du hast das Gleiche mit mir gemacht, Mr. Sinclair. Das war ein toller Kuss.“

„Ich mochte ihn auch“, sagte er mit tiefer, kratziger Stimme. „Ich bin nicht sicher, ob ich mich von dir entfernen kann.“

Sie kicherte. „Gut, denn ich bin mir nicht sicher, ob ich dich loslassen kann.“

„Dann stehen wir einfach hier und schauen auf das Mondlicht auf dem Wasser, während wir die Kontrolle wiedererlangen.“

Und das war genau das, was sie taten.

KAPITEL ZEHN

Sammy Jo hatte jede Vorsicht in den Wind geschlagen und Jake geküsst, bis sie atemlos war und nicht mehr klar denken konnte. Es war ein Gefühl, an das sie sich gewöhnen konnte. Sie könnte Jake für immer küssen. Wenn er aber herausfand, wie sie ihre Abenteuerlust nur vortäuschte, gab es keine Möglichkeit, dass er sie für immer küssen würde. Sie könnte niemals einen Mann wie ihn an sich binden.

Diese Überlegungen erfüllten sie und sie versuchte, die nächsten Tage die deprimierenden Gedanken beiseite zu schieben. Natürlich schlich sich sein Kuss aus heiterem Himmel bei der Arbeit in ihre Gedanken und sie ertappte sich dabei, wie sie mit einem albernen Grinsen ins Nichts starrte.

So wie jetzt. Sie wurde abrupt in die Realität zurückgeholt, als die Glocke an der Tür klingelte und sie aus ihren Kussgedanken riss. Es war Jakes Schwester, Olivia.

Olivia rauschte in den Laden und sah in ihrem grünen Sonnenkleid umwerfend aus. „Ich fuhr gerade vorbei und fragte mich, ob du Zeit hast, zum Mittagessen zu kommen."

Sammy Jos Tag hellte sich augenblicklich auf. „Sicher, das würde mir gefallen. Jetzt?"

Olivia kicherte. „Ja, jetzt. Wir sind eigentlich alle auf dem Weg zu Lillys Baumhaus. Lilly ist ganz aufgeregt, weil sie gerade ein neues Buch fertig geschrieben hat und das will sie feiern. Das Mädchen verkriecht sich während sie schreibt und manchmal sehen wir sie gar nicht. Ich weiß nicht, ob du es bemerkt hast, aber sie war beim Essen neulich Abend etwas abgelenkt. Das liegt daran, dass sie sich dem Ende ihres Buches näherte, aber Trent hatte sie praktisch entführt und zum Essen zu Mom geschleppt. Er sagt, er hat sie seitdem kaum gesehen. Aber sie war gestern fertig und rief an, damit wir alle zum Feiern herkommen.“

„Das klingt toll. Lass mich meine Tasche holen. Es ist heute sowieso kaum etwas los. Ich sollte aber wirklich eine Hilfe einstellen, damit ich nicht immer an den Laden gefesselt bin.“

„Ja, sonst werfen wir dir noch vor, eine Einsiedlerin zu sein.“

Sie schlossen ab und sie rutschte in den Beifahrersitz von Olivias Sportwagen. „Also, Lilly und Trent leben in einem Baumhaus?“

Olivias grüne Augen funkelten. „Ja, das tun sie. Eigentlich haben sie zwei Häuser. Das Baumhaus ist in Wirklichkeit ihre Schreib-Oase. Es ist ziemlich genial.“

Sie fuhren die Küstenstraße hinunter und nach einer kurzen Strecke außerhalb der Stadtgrenze bog sie auf eine Straße ab, die sich nach oben wand.

„Dies ist das höchste Gebiet der Windswept Bay. Man kann meilenweit sehen.“ Olivia fuhr mit ihrem kleinen Auto über die kurvenreiche Straße, bis sie zu einer Wendeplatte mit einem privaten Tor kamen. Sie drückte einen Knopf und einen Moment später öffnete sich das Tor und sie fuhren hindurch. Dort standen noch weitere Autos unter dem Blätterdach der Bäume.

„Es ist wirklich toll hier oben." Sie war fasziniert.

„Ja, warte nur. Trent ist ein sehr talentierter Kerl. Und er hat Lillys Vision perfekt umgesetzt."

Sie gingen durch die Bäume und traten auf einen Weg aus Holzbohlen, der sich aus dem Boden erhob und durch die Bäume wand. Sie keuchte, als sie das eigentliche Baumhaus durch die dicken Bäume sah, zu dem die Treppe des Holzwegs hinaufführte. Sie konnte alle anderen Sinclair-Frauen sehen, die sich auf der Veranda tummelten.

Shar winkte und Jillian auch. Sammy Jo wurde von Aufregung erfasst.

„Ich freue mich, dass du gekommen bist", sagte Lilly, als sie die Veranda betraten. „Willkommen in meinem Baumhaus."

„Ich hätte es um nichts in der Welt darauf verzichten wollen, das Baumhaus zu sehen." Sie drehte sich um und blickte über die Baumkronen auf das Meer in der Ferne. „Das ist beeindruckend. Und du schreibst hier oben?"

„Das tue ich. Bringt meine kreativen Säfte zum Fließen. Aber es ist nicht gesund für mich, die Welt auszuschließen und so isoliert zu sein. Deswegen habe ich beschlossen, dass ich mit all meinen neuen Schwestern feiere, sobald ich ein Buch fertiggestellt habe."

Sammy Jo nahm ihre Worte auf und fühlte sich wieder wie eine Betrügerin. *Nahmen sie alle automatisch an, dass sie und Jake zusammen waren? Hat Lilly sie in die Beschreibung der Schwestern mit einbezogen, weil sie dachte, dass zwischen ihr und Jake mehr war, als da war?*

Plötzlich fühlte sie sich sehr unbehaglich dabei, ihre neuen Freunde in die Irre zu führen. *Würden sie sie immer noch um sich haben wollen, wenn Jake sich einer Frau zuwenden würde, die besser zu ihm passte?*

Der Gedanke saß wie ein Klumpen in ihrer Magengrube. Vielleicht bekam sie noch ein Geschwür, weil sie sich Sorgen machte, eine Betrügerin zu sein.

„Okay, ich bin bereit." Shar kam aus dem Baumhaus mit einem Gurt um die Hüften und einem kleinen roten Helm. Die Augen der dunkelhaarigen Schönheit schimmerten, als sie sich die Hände rieb. „Ich sage euch, mein Bruder ist ein Genie und jedes Mal, wenn ich hier rauskomme, bin ich mehr und mehr davon überzeugt, dass er mir irgendwo auf unserem Grundstück eine Seilbahn bauen muss. Warum solltest du die Einzige sein, die Spaß haben darf?"

Lilly lachte. „Er würde dir eine bauen. Du weißt, dass er das tun würde. Er würde dir auch ein Baumhaus bauen, wenn du eines möchtest. Er liebt es, sie zu bauen."

Sammy Jo schaute total verwirrt zu. Sie sah zu, wie Shar zu den Treppen hinüberging, die zum zweiten Stockwerk führten. Sie hatten ihr gesagt, dass das eigentlich Lillys Schreibzimmer war. Und da bemerkte sie eine Plattform und ein Stahlseil. Ein Stahlseil mit einem Griff und einem Verbindungsstück daran. „Was ist das?", fragte sie.

Cali lächelte von oben runter, wo sie sich an das Geländer der Veranda lehnte und die Aussicht betrachtete. „Das ist Lillys Seilbahn. Trents Liebe zu Baumhäusern erstreckt sich auf Überraschungen für Erwachsene, die einem Kind den Mund wässrig machen würden."

Sammy Jo rutschte das Herz in die Hose. „Shar wird da runter fahren?"

Sie starrte auf das Stahlseil, das sie nun durch die Bäume laufen sah, wie es sich dazwischen hindurch wand und schließlich in Bodennähe endete. Es war eines der furchterregendsten Dinge, die sie je gesehen hatte. Und doch war es auch faszinierend. Und Shar sah begeistert aus, als sie auf die Plattform trat und sich am stabilen Seil einhängte.

„Ja, das macht am meisten Spaß. Wir alle haben es schon getan. Wir lieben es, hierher zu kommen und runter zu fahren." Cali war eine elegante Schönheit mit einem Stil, den sich Sammy Jo nie erhoffen konnte. Sich vorzustellen, wie Cali die Seilbahn hinunterfuhr, war für Cali ungefähr so untypisch, wie es für Sammy Jo wäre.

„Du machst das ebenfalls?"

Cali zwinkerte. „Ja und obwohl ich nicht so

verrückt danach bin wie meine eifrige Schwester Shar oder meine Schwägerin Lilly, macht es mir wirklich Spaß. Es macht den Kopf frei und lässt dich wieder wie ein Kind fühlen. Du solltest es versuchen. Es ist sehr sicher."

Irgendetwas in Sammy Jo verspannte sich. Während sie den Atem anhielt, beobachtete sie, wie Shar ihren Helm sicherte und dann winkte sie grinsend.

„Okay, Kinder, ich bin gleich wieder da!" Und dann stieß sich Shar mit einem Freudenschrei von der Kante der Plattform und segelte ins Nichts hinaus, während sie sich am Griff festhielt.

Sammy Jo keuchte. Ihr Magen drehte sich und sie beobachtete Shar mit Neid, wie sie durch die Bäume flog und vor Freude lachte. Sie ließ sogar die Griffstange los und lehnte sich mit weit geöffneten Armen zurück. Sammy Jo hatte ein plötzliches, überwältigendes Verlangen, genau so loszulassen. Ohne Angst zu leben.

„Das würde dir gefallen", sagte Jillian leise, als sie sich neben sie stellte. „Wirklich, warum tust du es nicht?"

„Ja." Kelsey lächelte. „ Ich genieße es, meine Füße fest in den Steigbügeln meiner Pferdesättel zu halten, aber diese Seilbahn macht süchtig. Ich gehe als nächstes, es sei denn, du willst. Ich werde warten, bis du es machst."

„Ich? Ich weiß nicht. Ich weiß nicht, ob ich-"

Lilly betrachte sie. „Du schaffst das. Es ist beängstigend, bis man den ersten Sprung wagt und dann schaut man nie wieder zurück. Komm schon, wir ziehen dir einen Gurt an."

„Oh, nein, ich könnte das nicht", stammelte sie. Aber ehe sie sich versah, war sie von Sinclair-Frauen umringt, die sie alle ermutigten. Es war ihr wirklich peinlich, dass sie sich davor drücken wollte. Sie würden alle denken, sie sei eine große Memme. Und bevor sie genug Einwände äußern konnte, war Shar zurück und alle ihre neuen Freunde hatten sie praktisch dazu gezwungen, mit Helm und Gurt auf die Plattform zu steigen.

Sie war dabei, sich umzubringen. So sicher wie sie ein weiblicher Feigling war, war sie dabei, ihren letzten Sonnenuntergang zu erleben, wenn sie durch das Blätterdach dieser wunderschönen Bäume in den Tod stürzte. Und all ihre so genannten neuen Freunde würden sie vom Baumhaus aus anfeuern.

Wie war es soweit gekommen? Die Frage überrollte sie wie eine Dampfwalze. Sie schwitzte und fühlte sich schwach. „Wirklich, ich weiß nicht, ob ich das schaffe."

„Du kannst das. Ich glaube, du musst das tun", sagte Shar mit Unfug in ihren Augen. „Willst du, dass ich dich schubse?"

„Mich schubsen?" fragte sie und erschrak, wie Shar überhaupt auf die Idee kommen konnte, ihr einfach einen Schubs von der Plattform geben zu wollen. Sie hielt sich mit eisernem Griff an der Griffstange fest. Es war ihre letzte Chance, von der Plattform runterzukommen. Sie musste sofort von der Plattform herunter und den Gurt abnehmen. Aber irgendwie stand sie immer noch auf der Plattform, ihre Knie wackelten und ihr Magen verkrampfte sich.

Hatte sie völlig den Verstand verloren?

Im nächsten Augenblick hatte sie keine Zeit, sich weitere Fragen zu stellen, denn Shar hatte es missverstanden, als Sammy Jo gesagt hatte: „Schubs mich"? Shar dachte, dass Sammy Jo sie tatsächlich aufforderte, sie zu schubsen.

Und genau das tat Shar.

Im einen Moment stand Sammy Jo auf der Plattform, mit Knien, die wie Bongos aneinanderschlugen und dann drückten sich plötzlich Hände in ihren Rücken und schickten sie ins Nichts hinaus.

„Was!", schrie sie, als ihr Gewicht den Draht nach unten zog. Sie schrie wieder, umklammerte die Griffstange mit einem Würgegriff, als ihre Füße unter ihr frei schwangen. Doch dann verstummte ihr Schrei abrupt, denn sie merkte, dass sie nicht fiel, sondern flog. Sie flog mit einem Gefühl von Freiheit und Verwunderung wie ein geölter Blitz durch die Bäume.

KAPITEL ELF

„Kommt dir der Fudge schon zu den Ohren raus?", fragte Jake sie ein paar Abende später, als sie die Hauptstraße entlangspazierten, auf der das Fudge Fest veranstaltet wurde. Der köstliche Duft von Toffee erfüllte die Luft und er war so süß, wie es nur möglich war.

„Ich glaube, ich platze, wenn ich versuche, noch mehr zu essen. Aber es ist wunderbar."

Er lächelte. „Ja, das ist es. Ich bin auch ziemlich vollgefuttert. Wie wär's mit einer Tasse Kaffee?"

„Das klingt wunderbar. Etwas, das die Süße

abschwächt.“

Er ging voraus zu einem Stand, der alle Arten von Getränken servierte, inklusive Kaffee. „Ich versuche immer noch, mir vorzustellen, dass du bei Lilly und Trent die Seilbahn runtergefahren bist. Ich wünschte, ich wäre dort gewesen.“

Sammy Jo strahlte. „Ich habe es geliebt. Ich meine, wie ich dir gesagt habe, ich hatte schreckliche Angst. Wirklich, wirklich Angst. Aber deine Schwester Shar, die Verrückte, hat mich ohne zu zögern von der Plattform gestoßen. Hätte ich wieder auf die Plattform springen können, hätte ich sie wahrscheinlich erwürgt, aber natürlich konnte ich es nicht. Und nach dem anfänglichen Mir-ist-zum-Sterben-Moment nahm das Hochgefühl überhand und es war atemberaubend. Ich bekomme jedes Mal eine Gänsehaut, wenn ich daran denke.“

Er grinste sie an. „Ich hätte dich warnen sollen, Shar nie den Rücken zuzuwenden. Sie ist etwas besonders.“

„Ja, auf eine sehr gute Weise. Oh Jake, ich fühle mich einfach fantastisch.“ Sie holten ihren Kaffee, gingen zu einer Bank und setzten sich. „Ich kann mir nicht vorstellen, nicht hier in Windswept Bay zu leben."

Er konnte sich auch nicht vorstellen, dass sie nicht hier wäre. Wenn er sie ansah, hatte er das überwältigende Bedürfnis, sie in seine Arme zu nehmen und ihr einige sehr wichtige Fragen zu stellen.

Aber diese Fragen... verängstigten ihn. *War er für ein Leben als verheirateter Mann geschaffen? Würde es für ihn funktionieren, sich als Familienvater zu verpflichten?*

Er hatte immer an dem Wissen festgehalten, dass er im Leben nur auf sich selbst achten musste. Niemand war von ihm abhängig. Als er in der Spezialeinheit war, verließen sich die Männer auf ihn und nach seiner Entlassung konnte er nie das Schicksal eines anderen in den Händen halten. *Konnte er sich binden?*

Seine Brüder schienen alle ihr neues Leben mit Familien zu lieben. Er beneidete sie und doch hielt er den Mund, als es darauf ankam, Sammy Jo die Worte der Liebe und Hingabe zu sagen.

Und so lächelte er einfach. „Du passt perfekt hierher. Ich bin froh, dass es dir gefällt. Bist du nächste Woche bereit für den ersten Tauchgang?"

Sie erstarrte mit ihrem Kaffee auf halbem Weg zu ihren Lippen. Ihre Augen weiteten sich und er meinte, darin Panik zu sehen. Dann verkrampfte sich ihr Kiefer und sie nickte. „Lass uns das machen. Wenn ich an ein Seil gebunden aus einem Baumhaus springen kann, dann kann ich sicher auch mit einem Luftbehälter ins Meer tauchen."

Am Sonntag traf Sammy Jo, kaum mehr als ein wandelndes Nervenbündel, Jake auf dem Dock. Sie war nervös, aber sie fühlte sich besser, seit Shar sie von der Plattform gestoßen hatte. Sie konnte sich selbst einen Schubs geben, um diesen Tauchgang hinter sich zu bringen und von ihrer Wunschliste zu streichen. Ihre Oma wäre stolz auf sie.

„Bist du bereit, das hinter dich zu bringen?" Jake grinste sie mit einem strahlenden Lächeln und funkelnden Augen an, als er ihre Hand nahm und sie beruhigte, als sie in das Boot stieg. Er trat nicht zurück, sondern blieb, wo er war. Sie lehnten Brust an Brust. Ihr Inneres wurde ganz weich und sie wollte einfach in seine Arme sinken. Sie war ihm schwer verfallen und es gab kein Entkommen.

„Ich bin bereit", sagte sie atemlos. Ihr Puls raste, als sie ihm in die Augen sah. „Aber ich bin ein bisschen nervös." Sie war in vielerlei Hinsicht nervös.

Er hob seine Hand und streichelte ihre Wange. „Sammy Jo, es gibt keinen Grund, nervös zu sein. Ich würde nie zulassen, dass dir etwas passiert. Ich bin verrückt nach dir. Wirklich verrückt nach dir."

Ein Schauer lief ihr über den Rücken. Sie sagte sich, dass sie seine Zuneigung nicht an ihr Herzen lassen sollte. *Lass ihn nicht an dein Herz heran.* Sie wollte sich vielmehr daran erinnern, wie er sich nach ihrem Kuss am Strand im Mondschein zurückgezogen hatte. Es gab keine Garantie, dass er das nicht wieder tun würde, obwohl er sich mehrmals entschuldigt hatte.

Würde er sich wieder zurückziehen? Könnte sie ihm vertrauen?

Sie hatten seit der Nacht bei seinen Eltern eine

schöne Zeit. Sie erinnerte sich, dass das kein Date gewesen war. Seine Mutter hatte das arrangiert, indem sie ihn bat, sie abzuholen. Aber sie hatte den schönen Abend nicht vergessen. Es war so schön sich so zu fühlen, als ob sie dazugehörte. Es war ein Gefühl, an das sie sich nicht gewöhnen sollte. Zumindest nicht als jemand, der für Jake etwas Besonderes ist. Aber dann hatte er sie wieder zu Tauchstunden überredet und sie waren zusammen zum Fudge Fest gegangen und die Tage waren einfach gemütlich ineinander übergegangen.

Und jetzt stellte das Gefühl seiner Hände an ihrem Kiefer lustige Dinge mit ihrem Gedankengang an, als sie in seine Augen starrte. *Er war verrückt nach ihr. War verrückt nach ihr gleichbedeutend mit Liebe?* Die Frage hallte in ihr wider.

„Du... was?", murmelte sie und schaffte es, über den Mischmasch ihrer Gedanken hinweg zu sprechen.

Er lächelte. „Ich werde nie zulassen, dass dir etwas zustößt. Vertraue mir."

Sie war von seinen Augen fasziniert und merkte, dass sie sich immer noch anstarrten.

Vertrauen. Es war ein hartes Wort. „Okay, großartig. Das werde ich", brachte sie hervor.

„Gut. Wir sollten besser loslegen. Wir haben einen Wunsch der Wunschliste abzuhaken." Er trat zurück und machte ihr Platz, um ins Boot zu steigen.

Innerhalb von Minuten rasten sie durch die Bucht. Sie dachte den ganzen Weg zum Tauchplatz darüber nach, wie Jake sich verhielt. Er hatte sich fast so verhalten, als ob sie ihm wichtig wäre, als mehr als nur eine Freundin. Sie wusste, dass er ihr wichtig war. Sie hatte es oft versucht, es zu leugnen, aber sie konnte nicht mehr. Aber sie hatte Angst, dass er nicht der Typ für eine feste Beziehung war. Es war also nicht sehr klug von ihr, sich in ihn zu verlieben. Aber als sie auf den Wellen ritten und die Gischt sie traf und die salzige Luft ihre Lungen füllte und ihren Geist klärte, wusste sie... sie liebte Jake Sinclair. Sie hatte ihn ihre Mauern überwinden lassen.

Plötzlich fühlte sie sich unwohl. *Und was jetzt?*

Als sie den Tauchplatz erreichten, half Jake ihr, in ihren Neoprenanzug zu schlüpfen und sie gingen alle Prozeduren durch, die er ihr die letzten Male im

Schwimmbecken beigebracht hatte. Je näher der Zeitpunkt rückte, um tatsächlich ins Wasser zu gehen, desto mehr stieg ihr Blutdruck. Sie übte weiter ihre Atmung und sagte sich, wenn sie durch den Atemregler im Pool atmen könnte, könnte sie es auch im Ozean tun.

Und Jake würde genau dort bei ihr sein.

Er runzelte die Stirn und zwischen seinen Augenbrauen lag eine Sorgenfalte von der Größe eines Torpfostens. „Geht es dir gut? Du siehst aus, als ob du dich schlecht fühlst.“

Sie atmete zitternd. „Es geht mir gut. Naja, je näher der Moment rückt, an dem es tatsächlich ins Wasser und da runter geht, nur mit Luft aus diesem Tank auf meinen Rücken geschnallt, desto nervöser werde ich. Ich gerate genauer gesagt in Panik.“

Sie könnte risikofreudig sein. Nein, sie war nie wirklich ein Risiko eingegangen - der Sprung von der Plattform war nicht wirklich ein Risiko für sie gewesen. Es war Shar, die sie da hineingeschubst hatte.

Ihr Mund war trocken.

Das war ziemlich riskant, egal, was Jake sagte. Er

war schließlich ein Navy SEAL. Es gab nichts, was ihm Angst machte. Ihr... nun, das hier versetzte sie tatsächlich in Angst.

„Ich habe tatsächlich Angst", gab sie zu, denn sie konnte es im Grunde nicht länger leugnen. *Das war's. Zeit für die Wahrheit.*

Sein Stirnrunzeln wurde tiefer. „Du weißt, dass du das nicht tun musst, wenn du nicht willst. Ich werde nicht anders über dich denken. Es ist keine Schande, etwas nicht zu mögen."

Tränen brannten in ihren Augen. „Aber Jake, ich bin ein Weichei. Weißt du, wie sehr ich es hasse, ein Weichei zu sein? Als ich es auf meine Liste setzte, fühlte ich mich ganz mutig und entschlossen. Und Oma war stolz, weil sie sich auch so fühlte. Tauchen schien so eine coole Herausforderung für mich zu sein. Also drängte Oma mich, es auf die Liste zu setzen, weil sie immer bereute, es nicht getan zu haben."

„Okay, also hier ist die Sache, die ich dich fragen wollte, welche Teile dieser Liste du und welche Teile deine Oma waren. Was von dieser Liste willst *du* machen?"

Ihre Augenbrauen schoben sich zusammen. „Naja, der Tauchgang ist hauptsächlich Oma. Aber ich möchte tapfer genug sein."

„Aber das scheint einfach nicht das zu sein, worum es bei einer Wunschliste gehen sollte. Sollte es nicht um Dinge gehen, die dir Spaß machen und nach denen du dich sehnst? Warum trittst du nicht einen Schritt zurück und denkst darüber nach? Es gibt eine Menge Dinge, die auf deiner Wunschliste stehen könnten, die dich vielleicht herausfordern, aber auch Spaß machen würden. Ich frage mich nur, ob du dich dazu zwingen musst."

„Aber du liebst es."

„Und? Es ist meine Leidenschaft. Verstehst du das nicht? Es ist *meine* Leidenschaft. Ich würde nie wollen, dass du etwas tust, was dir unangenehm ist."

Sie schluckte schwer. „Aber ich fühle mich, als hätte ich versagt."

Er zog sie an sich. „Du hast nicht versagt. Es ist deine Entscheidung, was du tun willst. Du hast neulich gern geschnorchelt." Er lehnte sich zurück und sah ihr in die Augen. „Und das stand nicht einmal auf deiner

Wunschliste. Was ist, wenn du das einfach mit diesem Tauchgang austauschst?"

Sie konnte nicht glauben, dass er so ruhig war. Sie sank auf die Sitzbank. Ihre Knie fühlten sich schwach an. *Deshalb war sie nicht die Richtige für Jake.*

Das Wissen setzte sich fest. Er verdiente eine, die mutiger war, Spaß machte und risikofreudig war. Und sie war es einfach nicht. Und sie hatte es die ganze Zeit gewusst.

Er saß neben ihr. Das Boot schaukelte, als sie auf das schöne topasfarbene Wasser starrte, das sie umgab. „Ich liebe es, dieses Wasser anzuschauen. Ich liebte das Schnorcheln, weil ich über dem Wasser war und nach unten schaute. Aber die Wahrheit ist, dass ich klaustrophobisch bin und es kostete mich jede nur erdenkliche Anstrengung, mit dem Regler im Schwimmbecken unter Wasser zu gehen. Aber der Gedanke, unter der Oberfläche dieses großen, schönen Ozeans zu sein, überwältigt mich."

„Du hättest ehrlich zu mir sein sollen. Ich bin es nicht gewohnt, Leute zum Tauchen mitzunehmen, die es nicht wirklich wollen. Lass uns das Zeug ausziehen und etwas machen, das dir Spaß macht. Und dann denke ich, musst du deine Wunschliste durchgehen und sie in das verwandeln, was du willst. Deine Oma liebte dich und ich bin mir ziemlich sicher, dass sie nicht wollte, dass du etwas tust, was du nicht tun willst."

Sie fühlte sich völlig besiegt, seufzte und gab nach. Sie wollte den ganzen Weg zurück zum Dock weinen. Weil sie in ihrem Herzen wusste, dass Jake Sinclair eine verdiente, mit der er das Leben in vollen Zügen genießen konnte. Und das war nicht ihre Art. Und das brach ihr das Herz.

Er brauchte mehr als ein ängstliches, schwaches Mädchen, das nicht mit ihm mithalten konnte.

Jake machte sich den ganzen Weg zurück zum Bootsanleger Sorgen um Sammy Jo. Er hatte gedacht, dass es etwas mit dem Tauchgang zu tun hatte, aber er hatte nicht bemerkt, dass sie sich so unwohl fühlte. Nun wusste er, dass sie hart zu sich selbst war.

Sobald er das Boot angedockt hatte, stellte er den

Motor ab und sah sie an. „Okay, jetzt haben wir einen ganzen Nachmittag, um etwas Schönes zu tun.“

Sie sah wirklich traurig aus, regelrecht niedergeschlagen.

„Ich weiß nicht. Ich denke, ich werde einfach in meine Wohnung gehen und ein wenig arbeiten.“

Er starrte sie an. „Nein. Vertrau mir. Es gibt noch mehr, was Spaß macht, das nichts mit Extremsportarten zu tun hat. Und weißt du was? Ich genieße diese Dinge auch. Komm mit mir wandern. Ich würde dir gerne etwas Schönes zeigen.“

Sie holte tief Luft und sah interessiert aus. „Ich weiß nicht.“

„Du solltest den Nachmittag mit mir verbringen. Lass mich nicht im Stich. Ich habe mich darauf verlassen.“

Sie seufzte. „Okay, aber du spielst nicht fair.“

„Vielleicht nicht, aber im Moment bin ich nur daran interessiert, alles zu tun, was ich tun muss, um Zeit mit dir zu verbringen. Du solltest vielleicht nach oben gehen und dir ein paar festere Schuhe anstatt dieser Flip-Flops besorgen. Ich werde hier auf dich warten.“

„Okay. Ich bin gleich wieder da.“

Sie joggte die Treppe hinauf und er sah ihr beim Gehen zu. Sein Herz klopfte wie verrückt. Er war verrückt nach ihr. Und er hatte erkannt, dass er sie nicht verlieren wollte.

Sie kam mit Laufschuhen und einem Lächeln wieder herunter. „Bereit. Ich fühle mich besser. Ich kann es kaum erwarten, zu sehen, was du mir zeigen willst.“

„Dann lass uns gehen. Deine Kutsche erwartet dich.“

Sammy Jo hatte sich selbst aufmunternd zugesprochen, als sie ihre Schuhe angezogen hatte. Und jetzt, als sie Jake einen Hügel hinauf folgte, versuchte sie sich immer wieder davon zu überzeugen, dass alles nicht so schlimm war, wie sie dachte. Aber sie wusste, dass es das war. Sie konnte nie hoffen, einen Mann wie Jake zu behalten. Er würde eine Frau brauchen, die keine Angst hatte, ins Meer zu springen und mit ihm die

Welten unter der Oberfläche zu erforschen. Er würde eine Lebenspartnerin brauchen, die mit ihm mithalten konnte. Und sie sollte sich mit dieser Tatsache abfinden und lernen, damit zu leben. Die Windswept Bay hatte alles, was sie sich jemals wünschen konnte. Außer einer inneren Tapferkeit, die nur sie aufbringen konnte. Sie hatte alles riskiert, indem sie sich in Jake verliebt hatte.

Sie hatte alles riskiert und verloren.

Und jetzt musste sie einfach eine anmutige Verliererin sein und versuchen, ihn nicht sehen zu lassen, wie wichtig er ihr war. Wenn sie ihre Gefühle verbergen konnte, dann würde er sich nicht so schlecht fühlen, wenn er endlich seine Seelenverwandte fand.

Das Beste, was sie tun konnte, war ihn gehen zu lassen. *Einfach Freunde zu sein.*

Und ihn auf Distanz lieben.

Sie wäre das typische Mädchen von nebenan. Die Freundin und niemals die Geliebte.

Niemals die Geliebte.

Als sie den Wasserfall erreichten, war sie ziemlich deprimiert. Sie hätte zu Hause bleiben sollen.

Aber als sie durch die Bäume gingen, öffnete sich plötzlich der Wald und vor ihnen war der Wasserfall, der die Felsen hinunterstürzte und in das grüne Becken unter ihnen plätscherte.

Sie keuchte. „Oh, oh, Jake. Ich hatte keine Ahnung, dass das hier ist. Es ist atemberaubend."

Er drehte sich zu ihr um und lächelte. „Genau wie du."

Seine Worte erfüllten sie und ließen sie zittrig atmen. Er war so süß.

„Ein bisschen aufregender als ich. Aber wow, einfach wow."

Er nahm ihre Hände. „Eigentlich bin ich anderer Meinung. Schau, dieser Wasserfall ist dir sehr ähnlich. Weißt du, als ich am ersten Tag aufblickte und dich in der Tür deines Ladens stehen sah, hast du mir den Atem verschlagen. Ich konnte meinen Blick nicht von dir abwenden. Ich könnte zu diesem Wasserfall kommen und ihn den ganzen Tag ansehen, ohne mich zu langweilen. Er sprudelt vor Leben und Hoffnung und Schönheit. Und du auch. Und er muss nichts weiter tun, damit ich ihn noch mehr liebe. Es zieht mich zu ihm hin. Er betört mich und lässt mich hier stehen und meine Umgebung aufnehmen und erfüllt mich mit Frieden. Das ist es, was du mit mir machst. Aber es ist dein Herz und dein selbstloser Geist, der mich am meisten zu dir hinzieht."

Sie blinzelte die Tränen zurück. Seine Worte wirkten auf sie. „Aber du bist so voller Leben. Du brauchst eine Frau, die mit dir mithalten kann."

Er nahm ihr Gesicht in seine Hände. „Ich brauche eine Frau, die mich ausgleicht und mich mit Frieden, Liebe und Freude erfüllt. Das bist du, Sammy Jo „So" Lovely. Ich weiß, dass du dich wegen des Tauchens schlecht fühlst. Aber mir persönlich ist das völlig egal. Du kannst es als Ziel belassen, wenn du willst und wir werden den Rest unseres Lebens damit verbringen, es zu erreichen. Oder wer weiß, du könntest es nächste Woche tun. Mir ist das egal. Ich will eine neue Wunschliste erstellen, die wir beide zusammen erfüllen wollen. Und ganz oben auf der Liste steht: Ich will, dass du Mrs. Jake Sinclair wirst. Ich will, dass du meine Frau wirst. Wenn ich mich recht erinnere, steht noch eine Sache auf der Liste, die mein Wunsch erfüllen würde, wenn du genauso empfindest und ja sagst."

Sie geriet außer Atem. Und Tränen schossen ihr in die Augen. *Sie wollte sich verlieben.* Das war der letzte und wichtigste Punkt auf ihrer Wunschliste.

Und sie hatte sich verliebt. Aber konnte sie das Risiko eingehen, dass sie einen Mann wie ihn behalten konnte? „Aber bist du dir sicher?"

„Glaub mir, ich war mir noch nie einer Sache so sicher wie der, dass ich dich liebe. Ich würde sagen, riskiere es für mich. Aber um ehrlich zu sein, wenn es um mein Herz geht, gibt es kein Risiko. Es gehört dir für immer, wenn du mich auch liebst."

Sie holte Luft. Ihr Herz schwoll an und Tränen liefen ihr über die Wangen. „Ich liebe dich, Jake Sinclair. Und ich will mit dir eine Wunschliste erstellen."

Er stieß einen Schrei aus und nahm sie in seine Arme. „Lass uns mit einem Kuss beginnen und von da an weitermachen."

Seine Lippen bedeckten die ihren und sie schlang ihre Arme um seinen Hals und hielt ihn eng umschlungen. Sie war ein Risiko eingegangen, als sie nach Windswept kam und nun wurden alle ihre Träume wahr.

Und sie hatte das Gefühl, dass ihre Oma den letzten Punkt auf ihrer Liste abhakte, da sie wusste, dass Sammy Jo Jake an der Küste der Windswept Bay gefunden hatte.

Was genau das war, was ihre Oma sich gewünscht hatte.

Weitere Bücher von Debra Clopton

Windswept Bay

Von Diesem Moment An

Irgendwo Mit Dir

Mit Diesem Kuss & Für Immer Und Ewig

Warten Auf Liebe

Mit Diesem Ring

Mit Diesem Versprechen

Mit Diesem Schwur

Mit Diesem Wunsch

Mit dieser Ewigkeit

Die Cowboys von Mule Hollow Serie

Liebe Mich, Cowboy

Tanz Mit Mir, Cowboy

Immer Ärger mit Lacy Brown

… plus Baby macht fünf

Mein Herz gehört dir, Cowboy

Halt mich, Cowboy

Sei mein, Cowboy

New Horizon Ranch Serie

Ein Cowboy für Maddie

Ein Cowgirl für Rafe

Ein Cowgirl für Chase

Ein Cowgirl für Ty

Eine Familie für Dalton

Eine Tierärztin für Treb

Maddies geheimes Baby

Ein Cowgirl für Austin

Die Cowboys von Ransom Creek

Ihr Cowboy-Held (Vorgeschichte)

Braut zu mieten

Cooper

Shane

Vance

Drake

Brice

Über die Autorin

Die Bestseller-Autorin Debra Clopton hat bereits über 2,5 Millionen Bücher verkauft. Ihr Buch OPERATION: MARRIED BY CHRISTMAS soll sogar als ABC Familienfilm verfilmt werden. Debra ist bekannt für ihre modernen Westernromanzen, texanischen Cowboys und temperamentvollen Heldinnen. Romantik und eine Prise Humor werden immer miteinander verflochten, um den Leser zum Lächeln zu bringen. Als Texanerin in sechster Generation lebt sie mit ihrem Ehemann auf einer Ranch im Herzen von Texas und freut sich immer über Zuschriften von ihren Lesern.

Besuche Debras Website unter
debraclopton.com/deutsch

Melde dich für ihren Newsletter
www.subscribepage.com/KostenloseTexascowboyromantik

Triff sie auf Facebook unter
www.facebook.com/debra.clopton.5

Folge ihr auf Twitter unter @debraclopton

Kontaktiere sie unter debraclopton@ymail.com